Princess of the Bibliophile
虫かぶり姫

虫かぶり姫

由唯

illustration 椎名咲月

ICHIJINSHA IRIS NEO

CONTENTS

この作品はフィクションです。
実際の人物・団体・事件などには関係ありません。

虫かぶり姫

一幕、見せかけの婚約者

聞き覚えのある笑い声が響いてきた時、わたしはあやうく梯子《はしご》の段から足を踏み外すところでした。

ビックリして視線をおろせば、換気のために開けられた窓の外、王宮の奥庭にあたる木陰《こかげ》に二人の人影が見えました。お一人はとてもよく知っているお方です。

我がサウズリンド王国第一王位継承者、クリストファー殿下。御歳二十一になられる、聡明で英邁《えいまい》な、将来を嘱望される若き王太子さまです。

ふだんの殿下は際立ったそのご容姿をあますところなく活《い》かして年頃《としごろ》のご令嬢から妙齢の貴婦人をも魅了し、英明な判断力と先見の明でもって老獪《ろうかい》な貴族をも従える、若くして王者たる風格を備えた方ともっぱらの評判です。

人前では隙《すき》を見せない王太子っぷりを発揮するお方が、くったくなく声を上げて笑われるなどと。

そんな無防備な——。

四年間、わたしは殿下のおそばに上がってお仕えし、おそれながらそのお人柄も理解していたからこそ、その光景に驚愕《きょうがく》しきりでした。

殿下とて人の子。声を上げて笑われることもあれば、軽口を叩《たた》いて年相応のお顔を見せられる時もあります。ですが、それはごくごく内輪の中に限っていました。

権謀術数ひしめくこの王宮内で奥庭とはいえ、だれの目に留まるやも知れないのに無防備なそのご様子に、わたしの胸は鋭く重たく痛みました。

そうして、そっとため息をつきました。

その時が来たのだと。

～・～・～・～・～

わたしは名を、エリアーナ・ベルンシュタインと申します。

サウズリンド王国で侯爵の位を賜った貴族の娘ですが、わたしには他《ほか》のご令嬢にはない肩書が付随していました。

サウズリンド王国、第一王位継承者、クリストファー殿下の婚約者、という立場です。

四年前の十四の歳、片田舎《かたいなか》の領地から華やかな王都へと足を踏み入れ、社交界デビューしたわたしは、きらびやかなご婦人方とご令嬢たちに圧倒されているうち、なぜかクリストファー殿下の婚約者としておそばに召し上げられていました。

ベルンシュタイン家は一応侯爵家ではありますが、内実は力ある伯爵家にも劣る末席中の末席です。そんな家の娘がなぜ、王太子殿下の婚約者に選ばれたかというと――。

残念ながら、世の女性たちを喜ばせるようなロマンス的なものはいっさいありません。わたしの容姿が優れて見目麗しいものゆえ、そばに望まれた――など、夢見がちな少女の憧《あこが》れのようなこともありません。

わたしの容姿は、ぼんやりとした色合いの細かくクセのある金髪に、同じようにはっきりとしない灰色がかった眸《ひとみ》、家族や親族は可愛《かわい》いと言ってくれる顔立ちも、他者からは不名誉なあだ名がつけられていたりする、一般的にあまり好ましいものではありません。

クリストファー殿下の日差しに輝くまばゆい金髪、晴れ渡った青空のような眸、際立った麗しいお顔立ちに、姿を現すだけで場が華やかになる存在感とはまるで正反対です。

そんな娘が、年頃のご令嬢方の憧れの的である、王太子殿下の婚約者に選ばれた理由――。それは、ただ単に都合がよかったのです。

我が家は宮廷内のどの派閥にも属さず、縁戚《えんせき》筋にもやっかいな権力者はおりません。そして父も兄も、権力ごとには興味を抱かない(――ある意味、宮廷貴族としては失格かも知れない)人種でした。

そしてわたし自身にも、想《おも》い合うような特別な方がいるわけでもなかったため、昨今の宮廷内派閥の権力闘争を改める一手として、我が家に白羽の矢が立った次第です。

はじめてお逢《あ》いした時に、クリストファー殿下はそのきらきらしいご容姿を輝かせておっしゃいました。

「――エリアーナ嬢。あなたは私の隣で本を読んでいるだけでいいよ」と。

我が家は代々、本好きの家系として有名です。領地にあるご先祖さまが建てた地域図書館は広く一般開放されており、その内容の多彩さと代々の侯爵家がそろえた稀覯本《きこうぼん》の品ぞろえの多さは、王立図書館に勝るとも劣らないと言われております。

そんなベルンシュタイン家の人間は三度の飯より本が好き、という変わり者ばかりで、かく言うわたしもその例にもれず、字を覚える前から書物に埋もれて育ってまいりました。

女性ならば好むであろうドレスや宝石類よりも未知の本を好むわたしについたあだ名は――本の虫ならぬ、「虫かぶり姫」という、普通なら不名誉に嘆いてしかるべきものでした。

しかし、その「虫かぶり姫」でもクリストファー殿下のお申し出が奇矯であることはわかります。一瞬、わたしは自分が殿下の朗読係にでも選ばれたのかと、トンチンカンな考えに思いをはせました。

首をかしげたわたしに殿下は先の派閥問題や権力抗争、ベルンシュタイン家の利点を挙げ、取り引きのように自身の要望をお話しになられました。

――有り体に言って。

さっさと婚約者を決めないと、王妃であらせられる母上さまや周りがうるさくてかなわないのだと。

「どうだろう、エリアーナ嬢。あなたも社交界デビューした年頃のご令嬢である限り、貴族の義務からは逃れられない。どこかの家のご夫人に収まって家政に追われ、貴婦人同士の交流会にふりまわされる未来よりも、私の隣で本を読むだけの生活を手に入れないかい？」

「……はぁ」

未来の貴族の奥方としての苦労より、目先の王太子殿下の婚約者としての気苦労のほうが想像に難くありません。

ちなみに――。

自国の麗しい王太子さまに対して、わたしの反応は不敬にあたるものだったかも知れません。が、ベルンシュタインの人間は興味があるもの（本）以外、等しく関心が薄かったので、わたしとしては通常対応だったのです。

クリストファー殿下はにこやかな笑みを浮かべておられました。

「私の婚約者ということになれば、伴侶《はんりょ》探しの茶会や舞踏会を断れるし、その分、読書の時間が増えるよ。……まあ最低限、公式行事や王家主催のものには付き合ってもらうけれどね」

どのみち、王族からの申し出を弱小貴族が断れるはずもありません。殿下の申し出が破格のものであるのは、世知に疎いわたしにも理解できました。

つまり殿下は、恋愛感情抜きで一令嬢にすぎないわたしに取り引きを申し出てくれたようです。

………わざわざご苦労なことです。わたしは早くもこれからふりかかるであろう困難と、奪われるであろう読書の時間に憂鬱《ゆううつ》な思いでした。すると殿下はにっこり、悪魔のささやきをわたしに吹き込みました。

「それに、私の婚約者の肩書があれば、王宮書庫への出入りはもちろん——閲覧、貸出も自由だよ」

——ベルンシュタイン家の血は活字でできている。

そう、まことしやかにささやかれる家の娘であるわたしが、その申し出に飛び付かないはずがありません。

王宮書庫室はその名の通り、一般開放されている王立図書館とは異なり、王宮内にあって限られた者しか出入りが許されていない、王家秘蔵の蔵書が収められている、本好きには垂涎《すいぜん》ものの聖地です。

ほんとうなら領地にこもって地域図書館長として悠々自適な本読み三昧《ざんまい》を送りたい父と兄が、しぶしぶながらも王宮勤めをしている理由がそこにあります。

わたしがいつもうらやましく父と兄から聞いていた、王家所蔵の稀覯本の数々。

それを直に目にし、手に取り、未知なる世界にふれられるのです。本好きにとって、これ以上の至福があるでしょうか。

喜色満面に眸も輝かせたわたしに、クリストファー殿下も、それはきらきらしい笑顔で応じられました。

「では、婚約成立だね。私は婚約者探しというわずらわしさから解放され、あなたは貴族令嬢の縛りから解放される。私は——私の婚約者という責務をあなたに背負わせるかわりに、あなたの自由の時間を守ってみせよう。必ず」

その時はじめて、未知の本にふれた時のようにわたしの胸がドキリと鳴りました。

クリストファー殿下はそのお言葉通り、わたしを婚約者として発表した後は立場にふりまわすことなく、自由に読書させてくれました。

わたしも本当にそんなことが可能なのか、はじめは懐疑的でしたし、それこそ、当初は王妃さまや取り巻きのご夫人達からのひっきりなしのお茶会の誘い、女官たちからの質問攻め、高位貴族らの思惑に右往左往させられたものです。しかし、それも殿下やその側近方がいつの間にか如才なく収めてくれたようです。

以来四年間、人前にあまり出ない名ばかりの王太子婚約者として、とりあえずはつつがなく過ごしてまいりました。

そうしてようやっと、クリストファー殿下の真意がわたしにも見えてきたように思います。近頃、とみにささやかれている内容とも一致しております。

——成人を迎えられても殿下が成婚の儀を挙げられないのは、「虫かぶり姫」が噂《うわさ》通り名ばかりの婚約者であり、権力闘争もひと段落ついた今、殿下はようやく意中の、真実心に想う姫君を妃に迎え入れられるのだと——。

噂を鵜呑《うの》みにすることはできません。しかし、わたしはそれを確証付ける事実も知っていました。サウズリンド王国では男女共に、十八で成人とみなされます。女性が未成年でも、婚約相手の男性が成人に達していれば、よほど世間体に触りがないかぎり婚姻は可能です。しかし殿下はわたしがまだ幼いから、という理由でのらりくらりと成婚を先延ばしにしていました。

そうして、わたしが十八の成人を迎えたいまでも、成婚の話題は上ってきません。それが噂の信憑《しんぴょう》性《せい》を高めてもいるのでしょう。

しかし、仕方がないのです。

わたしと殿下が交わしたのは、あくまで婚約時代の双方の利点の合致。王妃教育をほどこしてもいない娘を妃に迎えることはできないのです。

わたしたちの間に恋愛感情はなく、あったのはただの、年頃の男女が周囲から求められる立場への共闘のみ。

そしていま。

わたしは殿下が婚約破棄される日を、まるで読んだことがある物語のように理解して、その時が来たことを知ったのでした。

殿下と一緒におられるもうお一方は、少し前に後宮へ行儀見習いに上がったという子爵家のご令嬢です。

貴族令嬢が後宮へ行儀見習いに上がる理由は様々あります。婚礼前の花嫁修業の一環、縁談前の箔《はく》付け、そして求職のため。

貴族の家のご令嬢でも、お家の事情で職を求められることはままあります。

その中でも王宮付きの女官や侍女は憧れの職であると聞きます。高位の方にお仕えするという名誉、そして王宮勤めの有望な殿方と知り合う機会や、もしかしたら、巷《ちまた》の恋愛小説のように王族に見初《みそ》められる可能性だって、決して皆無ではないのですから。

子爵家のご令嬢、お名前をアイリーン・パルカスさまとおっしゃられたと思います。

最近、なにかと話題のそのお方と、わたしは何度か遭遇しておりました。

はじめにお見かけしたのは、王宮書庫室です。書庫室勤めの職員の方々が口にしていたのを、小耳にはさんだのがはじまりでした。

――最近、行儀見習いに上がったご令嬢に、とても可愛らしい女性がいる、と。

それは、やわらかな手触りを思わせる栗色《くりいろ》の髪に、見る者を惹《ひ》きつける明るい茶色の眸、華やかに周囲を彩る声で相手を飽きさせない、愛らしくも社交的な、魅力あふれる女性なのだと。

わたしとは正反対のご令嬢らしいとの印象を受け、幾度か後宮からの使いで書庫室にも現れるようになってお顔を覚えました。

あれはたまたま、梯子の傷みを見つけてどなたかにお知らせしようと人を探していた時です。休憩室の方から響いてきた声にわたしは顔をのぞかせました。

するると、室内いっぱいに茶葉の香りが広がっており、乱雑に倒れた茶器一式と、そのそばに、どうしましょう、とあわてるアイリーンさまの姿が見えました。

「私の不注意で……申し訳ありません。テオドールさま」

「いや――大事ない」

そうお答えになられるのは、王宮書庫室の管理責任者、テオドール王弟殿下でした。

現国王陛下の弟君であらせられるテオドールさまは、陛下とお歳《とし》の離れたご兄弟《きょうだい》であるため、どちらかと言えばクリストファー殿下とご兄弟と言われたほうがしっくりきます。

王家の一員でありながらいまだ独身を貫き、壮年の魅力に濃い金褐色の髪と群青色の眸が印象的な、人気の高いお方でした。

「それより、あなたに怪我《けが》はなかったかな。アイリーン嬢」

「はい……でも、どうしましょう。どなたかのご本を汚してしまいました。これって、下町の女性の間で人気の本ですね。このようなものを好まれる方が王宮内におられるのですか？」

その声は純心な疑問にあふれていました。

示されたのは、茶葉にまみれた一冊の本です。漁師町の一家の主婦が日々の出来事を面白おかしく――時には、ほろりと切なくつづった、大衆に人気の一冊でした。

わたしは居心地の悪い思いで、戸口から名乗り出ました。

「あの……それはわたしの本です」

ベルンシュタインの人間は活字で書かれたものに貴賤《きせん》意識はありません。しかしそれが貴族一般に通じる認識ではなく、王太子婚約者の愛読書とは思ってもみない口ぶりには、わたしも恥じ入る思いでした。

まあ、と愛らしい仕草で口元を押さえたアイリーンさまが、次いで性急なさまで謝罪しだしました。

「申し訳ありません、エリアーナさま……！　私の不注意でエリアーナさまの私物を汚してしまいました。ほんとうに申し訳ありません……！」

私物を汚されたと、わたしが怒っていると思われたのでしょうか。

わたしが断りを入れるより早く、テオドールさまの嘆息が響きました。

「私物を放置しないよう周知していたのに、怠ったエリアーナ嬢の落ち度だ。あなたがそこまで詫《わ》びることではないよ、アイリーン嬢」

でも、とひたすら恐縮したような風情のアイリーンさまをなだめて、テオドールさまはわたしに告げました。

「これは私が預かる。片付けはこちらでするから、きみは早く退室しなさい。エリアーナ嬢。次からは気を付けるように」

どこかそっけない口調のテオドールさまに言葉を添えることもできず、かろうじて梯子の件を伝えてわたしは退室しました。

その後も度々、テオドールさまと親交を築かれているアイリーンさまをお見かけしております。

半月ほど前には、近衛《このえ》騎士団所属にして殿下の護衛も務める赤髪の騎士、——グレン・アイゼナッハさまと楽しげに談笑されていた姿を目にしました。

グレンさまは明るい人好きのする性格で男女問わず人気のあるお方ですので、さしてめずらしい光景ではありません。

けれどその次には、殿下の側近にして右腕でもある公爵家の令息——氷の貴公子とささやかれる、アレクセイ・シュトラッサーさまとお二人でいる光景には、わたしも少々驚きました。

アレクセイさまはその呼び名の通り、黒髪に蒼氷《そうひょう》色の眸が怜悧《れいり》な印象のお方で、地位が上の方でも愛らしいご令嬢が相手でも、等しく冷淡な態度で接せられます。ゆえに、その方と物怖《ものお》じせずに会話されている姿は、わたしにも物めずらしく映りました。

さらにひそやかに聞こえてくるお話によりますと、宮廷楽師として人気の蜂蜜《はちみつ》色の髪の美青年、アラン・フェレーラさまとも個人的に親しいのだとか。

その時には別段、なにを思うこともありませんでした。

同性の評判はかんばしくないようですが、知り合われた方々が皆人気のある方だけに、嫉妬《しっと》ややっかみもあるのでしょう。

しかしいま、殿下とアイリーンさまのご様子には傍目《はため》にも親密な空気があり、アイリーンさまのひたむきで一途《いちず》な眼差《まなざ》しからは、言葉にせずとも殿下への想いが伝わってくるようです。

なるほど、とここに来てようやく、わたしは理解しました。

将を射んとするなら、まず馬から――不敬にあたるでしょうが、そんな格言を目《ま》の当たりにした思いでした。

貴族の娘であるにもかかわらず、本が好きで引きこもりがちなわたしから見たら、称賛に値する見事な人脈作りです。本来なら、その手腕は王太子婚約者であるわたしが発揮しなければならないものでしょう。

アイリーンさまが殿下へ近付くために地盤を築いていかれたのか、クリストファー殿下が彼女に目を留められたため、周囲の方々も彼女を気遣われていたのか。

それはわたしにもわかりません。けれどはっきりしていることはあります。

お二人の仲は、昨日今日《きのうきょう》はじまったものではないようだ――と。

あのクリストファー殿下が、楽しげに声をたてて笑われていたのですから。

「――エリアーナ嬢？」

ふいにかけられた声にわたしは我に返りました。いつ自分は梯子から降りたのでしょう。表の笑い声もいつの間にか聞こえません。

わたしは自分が束《つか》の間、放心していたことに気付きました。

「どうした？」

なにかあったか、と深みのある低音のお声でたずねるのは、王宮書庫室の管理責任者、テオドールさまです。

本来なら言葉を交わすのも稀《まれ》なお方になっていたと思いますが、書庫室に出入りするようになってから、親しくお言葉を交わさせていただいてきました。

あわててわたしが頭をふるより早く、抱えていた本と梯子を見やって、テオドールさまは眉《まゆ》をひそめられました。

「上段の本を取る際には人を呼ぶよう、先日も言ったはずだが」

たしかに、貴族令嬢が自ら梯子の上り下りをするなど、ほめられたことではありません。わたしは小さくなって謝りました。

テオドールさまは嘆息されています。ここ最近、お忙しくされていらっしゃったのに、わたしまでもが嘆息をつかせてしまいました。

「今日きみが登城するとは聞いていないが。護衛はどうした？　王宮内とはいえ、供の一人もつけずに出歩くのはやめなさい」

「はい……。申し訳ありません」

まるで、出来の悪い生徒を叱《しか》る教師のようです。

これまでテオドールさまは、わたしの貴族令嬢らしからぬふるまいも大目に見てくださったお一人でしたが、もういままでのようにはいかないということでしょうか。

「クリスはきみが登城していることを知っているのか?」

「……いえ」

わたしはこの五日ほど、王宮へ上がってはいませんでした。

叔母が腰を痛めたため、その看病——という名の退屈しのぎ兼、話し相手にかりだされたのです。おかげで読みたい本からも遠ざけられ、叔母お勧めの恋愛小説や恋の詩集を延々と朗読させられるという苦行に耐えておりました。

今日はその苦行からこっそりと抜けだし、読みたかった本のために王宮書庫室へ足を踏み入れ、そして先の光景を目にする次第と相成ったわけです。

テオドールさまはまたも嘆息をつかれます。そして今日は早く帰りなさい、とすげなくわたしを書庫室から追いだされました。

さすがにわたしも胸がシクリと痛みました。テオドールさまは身内以外で唯一、書物の話題で話が合うお方です。今日もお逢いできたら、手にしていた本のことで教えを請いたいと思っていました。

トボトボとわたしは回廊を進みます。実はこのように書庫室への出入りを制限されることは、ここ一月で増えていました。

殿下の婚約者に上がってから自由に出入りしていたわたしですが、親しく言葉を交わしていた書庫室勤めの方々がいやによそよそしく、わたしを書物から遠ざけるようになったのです。古書を取り扱う機会も増えたようで、手袋をしている姿に手伝いを申し出たりもしたのですが、断固として拒まれました。

まるで、わたしが書物になにかするのではないかという雰囲気には、とても悲しくなりました。

けれど、先の光景を目にしたいまならわかります。皆さまは、殿下に特別な方ができたのを察せられ、婚約破棄されるわたしから少しずつ距離を置かれていたのでしょう。

思い返してみれば、十日前の薔薇園《ばらえん》の出来事もそうでした。


あの日は、薔薇園で定例のお茶会が開かれる予定でした。けれどわたしは、本を返却に来た薬室長につかまって時間に遅れ、そばにいた従僕と急いで庭園に向かっていたのです。

そこへ、騒がしい気配がそちらの方からやって来ました。アイリーンさまと数人の侍女です。

「まあ、エリアーナさま！」

アイリーンさまの咎《とが》めるような響きと強い視線に、わたしは少々たじろぎました。

「どちらにいらっしゃったのですか？　皆さま、エリアーナさまをお待ちだったのですが」

理由があっても時間に遅れたのは、わたしの失態です。

「申し訳ありません。少々、所用ができて……。何かあったのですか？」

アイリーンさまたちの髪や衣服が所々ぬれそぼっておりました。回廊から見える天候は快晴だったのですが。

ハッとアイリーンさまはきつい視線を伏せて眸を落とされると、ぬれた冷たさを思い出したように身をふるわせました。

「私のような者が、失礼なことを申しました。それに、このような形でお目汚しをしてしまって……。どうか、ご容赦くださいませ」

はい？　とわたしは首をかしげました。彼女は事実を述べただけですし、わたしに対してそこまでへりくだる必要はないのですが。

それよりも、早く衣服を改めないとお風邪を召されてしまいます。わたしが口を開きかけたそこへ、

「エリアーナ嬢！」と鋭い呼びかけがかけられました。

ふり向くと、赤髪の騎士、グレンさまがいつにない剣呑《けんのん》な形相で駆けて来られます。グレンさまはアイリーンさまたちよりも、さらに激しく水をかぶった状態でした。

一体なにがあったのか、険しい様子でわたしの姿を上から下まで検分すると、間近にいた従僕にも目を留めて、ようやくホッと息をつきました。

「それならそうと……」と苦々しい声でつぶやかれる様子に、わたしは暗に責められているようで萎《い》縮《しゅく》しました。

グレンさまもやはり、定時に遅れて皆さまをお待たせするような非礼を働いたわたしに失望を覚えられたのでしょうか。

主君たる、クリストファー殿下の婚約者としてふさわしくないと。

「グレンさま」

そこに声をかけられたのは、アイリーンさまでした。わたしに向けるものよりもやわらかい声でグレンさまに取り成しています。

「早くお召し替えをされませんと。いくらグレンさまでも、お風邪を召されてしまいますわ」

いたわる声にグレンさまは小さく息をつきました。

「自分は問題ありません。アイリーン嬢。あなた方も水をかぶられましたね。お話をうかがいたく思いますので、お部屋まで送りましょう」

堅苦しい口ぶりで近くの近衛を呼ぶとわたしを送り届けるよう話し、いつにない強い視線で告げられました。

「茶会は中止になりました。いま城内が少々騒がしく、殿下も手が空きませんので、今日のところはご自宅へお戻りください」

「でも……」

せめて事情をうかがって遅れた詫びを出席者の方々に申し上げに行かなければ、クリストファー殿下の体面にも関わります。

そう思ったわたしですが、否《いな》を言わせないグレンさまのめずらしくも不穏な気配に呑《の》まれ、それ以上言いつのることはできませんでした。

グレンさまはそのままアイリーンさまと会話を交わしながら去って行かれ、わたしは近衛の方に送られて薔薇園の配管に故障が起こったらしい、と事情を伝え聞きました。

家に帰ってから気付いたのですが、王宮を辞す時には常にグレンさまが自宅まで送り届けてくださっていたのです。

それがあの日、はじめてなかったことに後から気付かされました。


今思えば、納得のいく出来事ばかりです。

テオドールさまがわたしを堅苦しく呼んでそっけなく距離を取られたのも、グレンさまがやはりくったくない笑顔から慇懃《いんぎん》に一線を画すようになられたのも。

クリストファー殿下の婚約者としておそばに上がってから四年。殿下のそばにいる皆さまとは、交流を持たせていただきました。

赤髪の騎士、グレンさまは宮廷人らしくないくだけた態度で、いつも気さくに本の持ち運びを手伝ってくださいました。氷の貴公子、アレクセイさまは立ってる者は親でも使う信条の持ち主で、わたしも読書中以外は書類整理や伝令など小間使いのようにこき使われました。

そしてクリストファー殿下を交えた四人、ないしは五人で雑談や軽口を交わしながら過ごす一時が、わたしがはじめて読書以外で楽しく、好ましいと思う時間でした。

そう遠くない未来、わたしがいた場所はアイリーンさまにとって代わられるのでしょう。

いえ、もうすでにわたしの居場所はなくなっているのかも知れません。

あのクリストファー殿下が、身内や側近以外の者の前で素のご自分を見せられていたのですから。

「……あら、まあ」

回廊の途中で足を止めたわたしは、胸元を押さえました。ポッカリと空洞が空いているような気がしたのです。

そしてやっと、鈍いわたしでもショックを受けているのだと気が付きました。

殿下が声を上げて笑われていたお姿が目に焼き付いて離れません。アイリーンさまと親密そうに木蔭で寄り添っていた姿も。

いつか、こんな日が来るのではないかと漠然と思っていました。しかしやはり、実際にその時が来てみると、想像以上のショックがわたしを襲っていました。

わたしはこの四年の間に、彼らとの関係、そしてその時間に、少なからぬ愛着を抱いていたようです。

――わたしは名ばかりの婚約者であり、いつか殿下にほんとうにお好きな方ができた時、わたしはお役目を解かれるのだと。

その時のための婚約者――。

それがわたしのはずでした。

変です。「虫かぶり姫」のわたしが泣きそうなほど胸が苦しいです。六歳の時に母を亡くした以来

とでした。
それは六日ほど前、クリストファー殿下がわたしにくださったものです。うららかな昼下がりのこ
わたしはそっと、こんな時にいつもわたしをなぐさめてくれる本をなでました。
の喪失感が胸を占めます。

薔薇園の一件からこっち、殿下やグレンさまたち近衛の方々がなにやらピリピリとした空気をまとっていて、わたしも居心地の悪い思いを抱いていました。

いつものように読書をしていたわたしに、雰囲気をやわらげた殿下がお声をかけてきました。

「――贈り物があるんだ」

わたしはかるく首をかしげます。殿下がわたしに贈り物をすることはあまりありません。

体面を保つため、舞踏会や外交時に衣装や装飾品を王太子婚約者としてふさわしく合わせるたび、わたしはいつも内心おそれ慄《おのの》いていました。

――この装飾品ひとつで、いったいどれだけの書物が買えるのだろうと。

言葉にしたことはなかったのですが、殿下も見せかけの婚約者に国庫を消費する必要はないと思われたのでしょう。しばらくして華美な装飾品は影をひそめました。

そのため、殿下が自ら宣言しての贈り物はとてもめずらしく、また新鮮にわたしの胸にも響きまし

た。

　クリストファー殿下はいつものようににこやかな微笑を浮かべて、包装もされていない一冊の本をわたしに差し出しました。

「『カイ・アーグ帝国衰亡の記録・星導師版』――史籍家が書いたものではない旧帝国史を、エリアーナは求めていただろう？　ほとんど世に出回ったものではなかったから、少し苦労したけれど……。やっと見つけたから、一刻も早く渡したかったんだ。……きみが、喜ぶかと思って」

　そう言ってほほ笑まれたお顔はやさしく、わたしの反応をうかがうように真剣な眸でした。

　とっさになにも言葉にできず、わたしは感動にふるえていました。

　手に入れてくださった書物は、ベルンシュタインの伝手《つて》を使っても極めて入手が困難なもので、わたしもほとんどあきらめていた本です。それが突然、目の前に現れた驚きと感動。

　――なにより。

　殿下がわたしのために時間を割いて伝手を使い、苦労して手に入れてくださった気持ちが、とてもうれしかったのです。

　受け取ったわたしは異国語で書かれた表紙をそっとなで、その手触りにさらに胸がふるえる思いでした。

「……ありがとうございます。クリストファー殿下」

　それ以上、どう喜びを伝えたらよいのか、わたしにはわかりませんでした。ただひたすら、感動に打ちふるえた思いを眸に込めて見つめ返すだけでした。

殿下もよかった、と胸をなでおろしたようにうれしそうな笑みを浮かべていました。

あの時の幸福な気持ちが思い起こされて、わたしは喪失感をなだめました。

たとえ殿下に本命の、素を見せられるお相手ができたのだとしても、わたしとの婚約は解消されるのであっても、クリストファー殿下は心ない仕打ちをされる方ではないと。

婚約を解消されるその時を待つのではなく、自分の口で聞いてみようと、なけなしの勇気を奮い立たせました。


～・～・～・～・～


クリストファー殿下の執務室は、わたしが王宮書庫室の次に長く時間を過ごすお部屋でもあります。

はじめは婚約者の身分に過ぎないわたしが立ち入るのは色々と問題があるはず、とお断りしていたのですが、

『――ここが一番、だれにも邪魔されることなく読書ができるはずだよ』

と言われて過ごしてみると、なるほど、周囲の雑音にわずらわされることがまったくありませんでした。そこでもわたしは、殿下がはじめのお言葉を守ってくださっているのを感じることができました。

顔見知りになっている侍従に取り次ぎを頼もうとしますと、いやにあわてられています。大事なお客様でも見えられているのでしょうか。

会談用の隣室の扉が開いて給仕の侍女が姿を見せた時、わたしも気が付きました。扉の先から明るく楽しげな、愛らしい声がもれています。

「――クリストファー殿下がそんなに細工物にご興味がおありだなんて、私知りませんでしたわ」

「あなたの話が上手だからかな、アイリーン嬢」

まあ、とうれしそうにはしゃぐ声と、どちらの言葉がわたしの胸を貫いたのか、とっさにわかりませんでした。

そこに、まるで追い打ちをかけるようにクリストファー殿下のやわらかな声が届きます。

「私があなたに細工物の贈り物をしても、きっと家にいるという職人たちに比べたら、見劣りしてしまうんだろうね」

「殿下が、私に贈り物をしてくださるのですか？」

喜色にあふれたそのお声が、決定打のように頭に響きました。

そうか、とどこかで冷静なわたしが理解しました。わたしは殿下からの贈り物を特別なように受け止めていましたが、殿下にとっては別段、どうというものではなかったのです。

ふいに、胸に抱えていた稀覯本が色褪《いろあ》せて無価値なものになりました。

足元も崩れ落ちそうな気分です。わたしはふるえだしそうな息を静かにつくと、やはり狼狽《ろうばい》していた侍女を制してその部屋へ失礼させていただきました。

ハッとしたように、動揺もあらわに立ち上がったのは、クリストファー殿下でした。

「エリィ……!?」

わたしは身内と、一部の方しか呼ばない愛称を呼ばれたことに内心首をかしげましたが、まずは淑女の礼と無断の入室を詫びました。

「いや、かまわないが……きみは今日、叔母上の見舞いのはずじゃ」

ふっと、わたしはらしくなく、眸が冷ややかになるのを感じました。殿下のお言葉はまるで、わたしが王宮にいない間を見計らって他の女性と親睦《しんぼく》を深めていたと、自ら暴露しているような、そんな意地の悪い考えが過《よぎ》ったのです。

同時に、ふだんあまり動かない表情筋がすべらかに笑顔を作るのを、わたしは感じていました。

「――殿下におかれましては、私の叔母の病状までお心配りいただき、感謝の念に堪えません。実は本日、小用がございまして、ご歓談中のところを失礼させていただきました」

「しょ、小用とは」

めずらしく殿下が及び腰です。

室内にはいつもの面子《メンツ》もおられて、グレンさまはなぜか片手で顔を覆われ、アレクセイさまは頭痛をこらえるようにこめかみに手を当てられています。

唯一の女性であるアイリーンさまは驚いた様子ながらも、わたしの登場に以前と同じく、おびえたお顔をされていました。

けれどわたしは、そのお三方のだれにも目を留めることはありませんでした。わたしが見つめていたのはクリストファー殿下、ただお一人でした。

にっこりと、わたしはいつかの殿下を真似《まね》て、これきりであろう最大の笑顔を向けました。

「先日、殿下よりいただいたこの本ですが……お返しいたします」

「え……」

硬直した殿下はめずらしくも少々滑稽《こっけい》に映りました。それをながめて、わたしは告げました。

「もう、いりません」

最後の眼差しを向け、本を卓に置くとわたしは一礼してその場を後にしました。

追いかける声はありませんでした。


家にもどったわたしは、かなりぼんやりしていたようです。帰宅した父や兄が部屋に訪ねてきたりもしましたが、気分が優れないから、と夕食も断って一人閉じこもっていました。

「虫かぶり姫」のわたしが、本を読む気にもなれません。

いい加減、自身で認めるべきだと、わたしは暗くなった部屋で一人ため息をつきました。

なぜ、クリストファー殿下が他の女性の前で素のご自分を見せられていたことにあれほど驚き、

ショックを受けたのか。贈り物が特別なものでなかったことに、泣きだしそうなくらい絶望し、足元も崩れ落ちそうだったのか。

こんなにも胸が締め付けられ、苦しくて仕方ないのは……息をするたびに、胸が痛んで仕方ないのは、なぜなのか。

「……そうなのね」

クリストファー殿下がお好きだからです。

いつからなんてわかりません。日差しに輝く金の髪も、晴れ渡った青空のように澄んだ眸も、指示を出す時の凛々《りり》しいお声、誇り高い王者の姿勢、時には、厳しく決断力を見せられるお姿や凛《りん》とした眼差しも――。

思いだすだけで、胸が苦しくなるほどです。自分がこんなに愚かな人間だったなんて、はじめて知りました。

悟ったフリをして、理解のある小利口な顔をして、その実、自身の心さえわかっていなかった、頭でっかちな「虫かぶり姫」。

いくら本を読んでも先人の知識を学んでも、こんな時なんの役にも立ちません。気付くのが遅すぎました。

自身の心さえ、ままならない。

あまりの情けなさに、自嘲《じちょう》の笑みがこぼれます。

これからどうしたらいいのかすら、わかりません。書物は、なにも答えてくれません。

ただわかっているのは、この先殿下の隣にいるのは——天気のよい昼下がりに木漏れ日の下で請われて本を朗読するのも、静かな雨の日に二人でお茶の時間を楽しむのも、そのすべての相手はわたしではないということです。

わたしはなにをする気も起きず、ぼんやりと、夜がふけてゆくのを見つめていました。

二幕、一人芝居

三日ほど何事もなく過ぎました。わたしは一通の書状を受け取り、朝食の席で父と兄に今日《きょう》の予定を告げました。

「――テオドールさまから？」

兄の声にわたしはうなずきました。

「王宮書庫室から辞書をお借りしたままだったのです。返却に行ってまいります」

自宅で読破することができずにわたしは四日前のあの日、王宮書庫室へ辞書を借りに行ったのです。本はお返ししましたが、辞書はそのまま持ち帰ってしまっていました。他に借りた本はなかったか、わたしは記憶を洗います。

王宮へ上がるようになってから、私室としてお借りしていた部屋もありました。つらい作業ですが、早めに片付けなければなりません。

兄はなにかを考える素振りでしたが、そこに父が声をかけてきました。

「あー……エリィ。ものは相談なのだが」

「はい」

常には鷹揚《おうよう》でのんびりとした性格の父です。わたしに相談事とはめずらしく感じられました。

四十半ばの父の薄茶色の髪には、白いものが交じりはじめたようです。

父は以前まではテオドールさまの下で王宮書庫室の一役人（閑職に近いです）を勤めていたのですが、わたしがクリストファー殿下の婚約者に選ばれてから婚家の父親が一役人では格好がつかないと、大人《おとな》の事情で財務室の大臣職に抜擢《ばってき》されていました。

ちなみに兄も同様で、宰相補佐役として日々忙しくしているようです。

あらためてわたしは、家族にもふりかけてしまった責務に申し訳なく思いました。

「少し前から、領地のお祖父《じい》さまから手紙が来ていただろう。久しくあちらには戻っていなかったし、どうだろう。私もフレッドも休暇を取るから、皆で領地に戻るというのは」

「――父上」

と返したのは兄のアルフレッドです。父をたしなめるような厳しいご様子です。

わたしは首をかしげながら父の提案を吟味しました。そして、それはなかなか悪くないことのように思われました。

領地には爵位を父に譲って隠棲《いんせい》した祖父がおります。十八の成人辺りから、たしかに祖父から帰郷をうながす手紙をいただいていました。

殿下との婚約解消は時間の問題としても、しばらく王都はわたしに居心地のよくない場所になるでしょう。なにより、殿下の新しいご婚約者さまを近くで見なくてもよくなります。

——逃げ、と言われても、わたしはこの閉塞《へいそく》した想《おも》いの行き場を求めていました。

「……ですが、お父さまもお兄さまも、休暇を取れるのですか？」

なにやら言い争っていた二人にわたしは割り込みました。

王宮に上がってから、わたしは父とも兄とも帰りを共にできた例がありません。以前のぞいてみた二人の職場机には、それはもう見事な、いまにもなだれ落ちそうな書類の山が芸術的に積まれていました。

お二人の仕事量が書庫室勤めの時の比でないのは、容易に想像がつきます。以前とは畑違いの役職を、それでも文句や愚痴も言わずにこなしているお二人には、ほんとうに頭が下がります。

父はやはり、のほほんと答えました。

「心配いらないよ。実はすでに申請済みだからね。休暇は大事だ。人の時間（と読める本）には限りがあるんだからね」

……なぜでしょう。言葉の合間に違う願望が見え隠れしたのは。

にこにこ顔の父の頭の中が、好きな書物に囲まれてほくほくと満足げに過ごす姿があからさまに透けて見えるのは。

アルフレッド兄さまは処置なし、というふうにため息をつかれていらっしゃいました。

〜・〜・〜・〜・〜

父と兄と王宮に上がったわたしは、あまり立ち入ったことのないお役所関連の棟が並ぶ造りに、まごついていました。

ふだんは殿下の許可をいただいて王族専用の通路から上がりますし、逢《あ》う人たちも限られています。ですから、わたしの顔を見知っている者も少ないでしょう。

父と兄は馬車溜《だま》りに降りたとたん、待ち構えていた方々にあれよあれよと言う間に執務室へ連れ去られてしまいました。

お役所はとても忙しいところのようです。あのご様子でほんとうに休暇申請がおりるのでしょうか。

「――クリストファー殿下が？」

唐突に飛び込んできたお名前に、心構えができていなかったわたしは内心飛び上がりました。

開いたままの扉から忙《せわ》しなく動き回る人の気配と書類の音、合間に会話が飛び込んできます。

「ありえないだろ、それ」

「いや、でもさ。カスール伯爵家に殿下の使いが行ったって話だぜ。カスール伯爵家って言ったら、あのアイリーン嬢の本家筋だろ」

「マジか。じゃあ本気で、殿下はベルンシュタインの妖精《ようせい》姫と婚約解消してアイリーン嬢に乗り換えるのか？」

「えぇ？　先輩、それウソくさくないですか。僕はパルカス子爵家の者がやたらと吹聴してただけ、って聞いてますけど」

「いやぁ、でもオレ見ちゃったんだよな。殿下がアイリーン嬢と逢引《あいびき》っぽいことしてる現場」

「あ、侍女たちの間でも話題だぜ。殿下もやっぱり、一人の男だったってことかねえ」

「それにさ、侍女の間で妙な噂《うわさ》が飛び交ってんだよな。あの妖精姫がアイリーン嬢を妬《ねた》んで色んな嫌がらせしてるとかなんとか」

「まさか。それこそガセだろ」

だよなあ、とまだ続く会話を後に、わたしはそっと歩を進めました。

不明瞭《ふめいりょう》な単語もありましたが、王宮に勤める者たちの関心事はもっぱら殿下とアイリーンさまの関係、そしてわたしの存在のようです。

王宮内ではごく限られた者としか関わらず、噂話には疎いわたしの耳にもアイリーンさまの話は入ってきましたから、実はもっと前から殿下との関係は知る人ぞ知るところだったのかも知れません。

わたしだけがのほほんと本を読んで、なにも知らなかったようです。

鬱々《うつうつ》と考え込みました。

わたしは現状から逃げることしか考えていませんでしたが、このままではせっかく築いてこられたクリストファー殿下の評判までもが地に落ちてしまいます。それはサウズリンドの将来のためにも、好ましからざる事態です。

現状打開のためにはやはり、殿下とわたしの婚約解消を早々に公表すべきでしょうが、侯爵家からそれを申し出ることはできません。よほどのことでもなければ。

思い悩んで、どなたかに相談すべきだろうと考えに至ったところで、目前の扉が忙しなく開かれました。

「——物証は押さえましたか」

「倉庫は第三警邏隊《けいらたい》が包囲していました。ですが、未明に川船が何艘《そう》かウルタール方面に向かったと報告が来ています」

物々しい様子ながらも慇懃な態度を崩さなかった青年の怜悧《れいり》な双眸《そうぼう》が、それは冷ややかな色に染まりました。

「王都警邏隊は間抜けぞろいですか。ネヴィル河川の倉庫を見張らせて、船を警戒していなかったと？」

「い、いえ！　河口付近に先回りして兵を配置済みです。グレン隊長が一網打尽にすると！」

「脳筋も三日不眠不休にすると、ない知恵が回るようですね」

氷の貴公子あらため、魔王の使いのような微笑が整ったお顔に浮かびました。そして、その視線が逃げ遅れた生贄《いけにえ》（子羊）に留められました。

「おや、エリアーナ嬢。お暇そうでなによりです。おかげさまで宮廷各所は目の回る忙しさです。書庫室へ行かれるついでにこちらもお願いします。途中、宮内室へこの書簡を渡して過去五年間の人事

録一覧と再編成を午後までに再提出するようお伝えいただき、ふざけた考案は薪《たきぎ》の足しにもならない

――と、お伝えいただけますか」

いつものアレクセイさまに輪をかけて鬼気迫るご様子でした。よくよく見れば蒼氷《そうひょう》色の眸《ひとみ》はうっすらと充血し、白皙《はくせき》の肌にもお疲れの色が見えます。

ただならぬ案件でもあったのでしょうか。

目をしばたたかせている間に、わたしはあれもこれもとアレクセイさまから雑用を仰せつかっていました。彼の部下は申し訳なさそうな顔をしながらも、進んで身代わりになる漢気《おとこぎ》はないようでした。

本を返却して私室を片付けるだけのはずが、おかしな展開です。

……いえ、通常運転でしょうか？

わたしはようやく、道のわかる王宮中央の大階段をえっちらおっちら、上がっていました。

その時でした。

「キャーアァァッ……!!」

背後で大きな悲鳴があがると、なにかが転がり落ちる物音がしました。

ビックリしてふりかえったわたしの視界に、階段を転げ落ちたらしい女性の姿が見えました。やわらかな栗色《くりいろ》の髪が身体《からだ》を覆うように広がり、投げ出された手足や倒れ伏した様が痛々しく安否が気遣われます。

わたしが急いで階下にかけつけるより早く、

でした。

悲痛な声で叫ぶのは、蜂蜜《はちみつ》のような金褐色の髪に甘い顔立ちをした、少年とも見紛《みまご》う線の細い青年でした。

「アイリーン！　アイリーン、しっかりして……！」

と、またも轟《とどろ》くような悲鳴でかけ寄る男性の姿がありました。

「アイリーン……！」

「アイリーン！　なんでこんな……！」

いえ。嘆かれる前に医師を呼ぶべきでは。

人を呼ぼうと視線を移せば、ただならぬ大音声にすでに周辺から人が集まっていました。女性の安否を確かめるために人がかけ寄り、医師を呼ぶ声が行き交います。

その中でゆっくり、アイリーンさまが意識を取り戻しました。蜂蜜色の髪の青年に抱き起こされるや、身をふるわせてその腕にすがりつきます。

「エリアーナさまが……エリアーナさまが、私を！」

…………はい？

陛下の視線がいっせいに——アイリーン嬢をのぞいて非難の色を宿して向けられます。

わたしは目をみはって突っ立ったままでした。

現行犯がお縄にかかる時の気分というのは、こんな感じなのでしょうか。

か弱い令嬢を容赦なく階段から突き落とした、極悪非道な悪役令嬢。扇子片手に高笑いでもしてみせるべきでしょうか。それとも、『この身の程知らずが！』とでも罵《ののし》ってみせるのが妥当でしょうか。

……あら、いけません。

わたしとしたことが、あまりの舞台劇のような展開に思考があさってに飛んだようです。つい先日、叔母に延々と読まされた恋愛小説の一場面と重ね合わせてしまいました。意外と毒されていたのでしょうか。

「アイリーン……まさか本当に、エリアーナさまがきみを？」

「わ、私……」

可哀想《かわいそう》なほどふるえたアイリーンさまが口を開きかけて、新たな主役が登場しました。いえ、この場合はヒーローと言うべきでしょうか。

「――なんの騒ぎか」

めずらしくどこか苛立《いらだ》った気配をただよわせた、それでも麗々しさは失われないクリストファー殿下のお出ましです。

そのお名前を呼ぶのは、ヒロインと相場が決まっています。

「クリスさま……！」

涙を浮かべて喜色を表すアイリーンさまとは反対に、わたしの心は冷えて沈みました。

これがたとえ仕組まれた茶番劇だとしても、則《のっと》って筋書き通りに進めるのがわたしに与えられた役割でしょうか。殿下との取り引きには、これも条件内だったでしょうか。

殿下は冷静にその場の状況を見て取ると、アイリーンさまのそばに片膝《かたひざ》をつかれました。

怪我《けが》の具合を確かめられる殿下に、アイリーンさまは悲劇のヒロインらしく、涙ながらに取りすがっておられます。

そして現状を質《ただ》す凛々しいお声に、おびえながら意を決したように答えられました。

「わ、私……クリスさまの、殿下とのことは誤解ですと、ただそうエリアーナさまに申し上げたのです。で、でも、エリアーナさまは私が……私が、すべて悪いのだと。突然、階段から私を突き落とされて……！」

ワッと顔を覆って嘆き悲しまれる様子は、それは痛々しく他者の目に映りました。殿下はそんなアイリーンさまをやさしく労《いた》わるようになぐさめられています。

「アイリーン。誤解だなんて、なぜそんなことを？　エリアーナは他にもなにか、きみにしていたのかい？」

「は、はい……。クリスさま。私、ずっと言えなくて」

「もうなにも心配いらないよ。すべての罪を明らかにするために、きみの口から証言してくれるかい？」

涙をこぼしたアイリーンさまの眸とクリストファー殿下のそれが重なり合いました。

涙がこぼれ落ちる軌跡までもが、一枚の絵のようです。

……なんでしょう。背中がぞわぞわします。

わたしは以前にも、こんな殿下を見た覚えがある気がします。

獲物を手に入れる前の、それはきらきらしく、屠《ほふ》る肉食性をきれいに覆い隠した、悪魔のほほ笑みを。

アイリーンさまは、切々と訴えられました。

曰《いわ》く。後宮に行儀見習いとして上がってからのそれはつらい日々。下級貴族と罵られ、下女のような扱いを受けたり食事を抜かれたり、はては馬小屋に寝床を追いやられ、下級兵士に乱暴されそうになって危うく難を逃れたこと。

それらのすべては、後宮の将来の主《あるじ》である、エリアーナ侯爵令嬢の指図であったこと。

「そ、それに……」

グレンさまやアレクセイさま、クリストファー殿下と知り合うようになってから、さらに嫌がらせがひどくなったこと。

「――先日、エリアーナさまに庭園の薔薇《ばら》が欲しいと言われて行きましたら、放水の日で水浸しになった私を笑われたり、頼まれた本を借りに行った書庫室では梯子《はしご》に細工がされてあったようで、危うく転げ落ちるところをテオドールさまに救われたり……。先日はエリアーナさまからの差し入れのお菓子に、む、虫が……！」

はて。「虫かぶり姫」のわたしはずいぶんと行動的だったようです。それに、前半はともかく、後半はなんだか聞き覚えのあるお話です。

一人考え込むわたしの前で、延々と続きそうな嫌がらせのオンパレードを殿下が労わりの声で受け止められていました。

「それは大変だったね、アイリーン」

なぐさめながら、それで、とやさしくうながされます。

「きみは思いあまって、エリアーナに直談判を？」

「は、はい。でもまさか、私を突き落とされるなんて……！」

「うん。確かに、エリィがきみを突き落としたんだね？」

「はい！　間違いありませ………」

ようやく殿下からわたしのほうを糾弾するように見上げられたアイリーンさまの眸が、これでもかと見開き絶句されました。

……申し訳ありません。せっかくの一世一大の舞台を台無しにしてしまったようです。令嬢らしからぬ光景も謝罪いたしましょう。

観客の皆さま、世の令嬢すべてがこの腕力なわけではございません。

わたしの両腕には、大人の親指ほども長さと厚みのある本が五冊ずつ抱えられ、本を落とさぬ歯止めのように両手の先に地図の巻物が二巻、一番上には紙の書類束と羊皮紙の書簡が絶妙なバランスで乗っています。

小柄な身長のわたしのため、ようやく顔の上半分がのぞく程度です。書庫整理で鍛えた腕力は先から小揺るぎもしていませんが、それでも人一人を突き落とそうとなると、これを崩さずに成し遂げるのは至難の業《わざ》です。

……わたしはあいにくと、軽業師に弟子入りした覚えはないのですが。

クリストファー殿下は小さく、慣れたため息をつかれました。

それにわたしはちょっと、ビクリとします。叔母や家人からも嘆かれるため息です。『お願いですから、外見に反した腕力を見せつけるのはおやめください』と。

しかし、書物のためなら、なよなよした腕力は不要なのです。時には、本数冊を抱えて梯子を上る膂力《りょりょく》が書物好きには求められるのですから。

立ち上がられた殿下は「あ、あの、クリスさま……」とすがるようなお声のアイリーンさまをふりかえることもなく、その場から足を踏み出しました。

無言で周囲を圧する足取りで階上へ上がって来られると、わたしの腕から太い地図の巻物二つと本を半分取り上げられます。

わたしが断る隙《すき》もありません。小脇《こわき》に抱えられる程度なのは殿方ならではでしょうが、なにやら不機嫌そうにぶつぶつとつぶやかれています。

「アレクのやつ……まったく。加減しろといつもあれほど」

「クリスさま……！　信じてください。本当にエリアーナさまがわたしを突き落とされたのです。それに、いままでの嫌がらせの数々も……！　どうか公明正大なご判断を、殿下！」

ヒロイン役に酔っていたアイリーンさまですが、周囲の白々しい空気に気が付かれたようで、涙ながらに訴えられました。

殿下は静かにその訴えに耳を傾けられます。

「そう。ではまず、実際にその現場を目撃した者はいるか？」

「アランが……！」

起死回生のチャンス、とばかりにアイリーンさまに目を向けられた蜂蜜色の髪の青年は、にこりと無垢《むく》な笑みを返しました。

「はい。アイリーン・パルカス令嬢が階段から転がり落ちるところを目撃しました」

「エリアーナに突き落とされたという事実は？」

「うーん。まあ、だれが見ても不可能ですね。あれだけの本を抱えていたんじゃや。ボクも、楽器を演奏しながら人を突き落とす曲芸は持ち合わせていませんねえ」

それに顔を真《ま》っ赤《か》にして睨《にら》みつけたのは、アイリーンさまでした。

「アラン、あなた……！」

それに対して青年はやわらかな微笑で返しています。

「たとえボクの証言があっても、一目瞭然《りょうぜん》でしょう。それに、宮廷楽師の耳から付け加えさせてもらうなら、アイリーン嬢の悲鳴が上がった後に転がり落ちる音がした。――突き落とされて悲鳴を上げるならともかく、まるで、あらかじめ襲われるのがわかっていたみたいだね」

サッとアイリーンさまの面から血の気が引きました。

アラン青年はそれに少し物足りなさそうな表情を見せます。まるで、もう終わり？ とでも言うように。

かるく肩をすくめると、背後の野次馬の方へ注意をうながしました。

「最後はかなりお粗末だったね、アイリーン。きみは賢く立ち回っていたつもりかも知れないけれど、すべて殿下達の手のひらの上だったよ。特に今日、決定打を狙《ねら》ったのは父娘共々、破滅への行進曲だったね」

野次馬が割れた先にいたのは、背の低い小太りの中年男性でした。貴族の出らしい身形にもかかわらず顔色をなくして自失状態のようなのは、兵士に拘束されているからでしょうか。

アイリーンさまが驚きの声で叫ばれます。

「お父さま……!?」と。

わたしの隣から、それはにこやかな、けれど底冷えのするお声が響き渡りました。

「――では、本番といこうか」

そう告げると、わたしもはじめて目にするような鋭い眼差しが階下へ向けられました。

三幕、王子の独擅場

「アイリーン・パルカス。並びに父親のパルカス子爵。エリアーナ・ベルンシュタイン侯爵令嬢への傷害容疑、及び暗殺未遂容疑で逮捕する。——衛兵！」

アイリーンさまの悲鳴が上がりました。子爵はすでに拘束されていたため、彼女に捕縛の手がかけられたのです。

「そんな、殿下！　なにかの間違いです。私こそがエリアーナさまから嫌がらせを受けた被害者です。目を覚まされてください。お願いです……！　私と一緒におられた殿下が、本来の貴方《あなた》さまです。もとの聡明な殿下に戻られてください！」

わたしの心は苦しく沈みましたが、真に迫った訴えを殿下はいつもの通り、晴れ渡った双眸《そうぼう》で律儀に受け止められました。

「本来なら不敬罪に値する言葉だが、誤解を与えているのなら、それを正すのも私の役目だろう。——アイリーン嬢。あなたの言い分に公明正大に、説明させてもらおう」

それはまるで、周囲の者へも聞かせるように曇りのないお声でした。

「まずは後宮の件。――今現在、公的にもエリアーナに後宮での権限はない。取り仕切っているのは現王妃である母上であり、行儀見習いに上がる令嬢の管轄も責任も母上にある。きみが先のような嫌がらせを受けていたのであれば、それは王妃陛下の管理責任に帰する問題であり、私が王太子の名にかけてきっと責任を追及しよう。

ただし――。それが虚偽の申告であった場合、王族に対する不敬罪――権威を傷付けた反逆罪ともなり得ることを踏まえるように。アイリーン嬢。きみが後宮で嫌がらせを受けたというのは、事実か？」

「なっ！　そ、それは……」

先までの勢いはどこへか、とたんにうろたえてアイリーンさまの眸《ひとみ》が泳ぎます。

わたしに罪を着せるはずが、王妃さまへの責任問題――果ては反逆罪にまで発展するとは、夢にも思わなかったのでしょう。

「も、目撃者が」

すがるようにアランさまに向けた眸は、もう答えが彼女にもわかっているように望み薄でした。場違いのような甘い微笑が返されます。

「うん。ごめんね？　ボクはきみが自作自演した被害のすべてを証言できる。あ、ちなみに買収した侍女と兵士はすべて把握済みだから、他《ほか》に期待はできないよ」

「アラン、裏切ったのね……！」

「んーと、誤解のないように言っておくと。——ボクはこういう時のための、殿下の隠し駒《ごま》なんだ。茶会や夜会でエリアーナさまに危害を加える者がいないか見張るためにね。で、今回はきみの動きがなにかと怪しくて、見張っていたというわけ」

そんな、とつぶやかれる声は絶望色でした。わたしも少し眉《まゆ》を寄せます。

断罪するのならもう少し場所を選ぶべきでは、とアイリーンさまに多少同情したからでもありますし、隠し駒が堂々と人前でそれを口にされては今後の動きに触りがあるのでは、と疑問を覚えたからでもありました。

殿下もそれを思ったのか、かるく嘆息されています。

「次に。アイリーン嬢、あなたが口にした先の発言についてだが」

ハッと、アイリーンさまは眸に力をもどして気強く殿下とわたしを見上げられました。

「殿下……！　私の発言はエリアーナさまへの誤解だったようです。でも信じてください。ませ！　私はエリアーナさまの暗殺など、たくらんだことはございません！」

謝罪は後回しに身の潔白を主張する姿勢は、見事な立ち直りの早さと開き直りです。か弱い令嬢の姿はそこにはありません。こちらが彼女の本質でしょう。わたしの同情など、鼻先で笑われるに違いありません。

殿下は冷ややかに返されました。

「それについては証拠もそろっているが……きみが先に発言した内容も聞き逃せない。きみは自身で口にしたね。薔薇園《ばらえん》での放水の件。書庫室での梯子《はしご》の細工の件。差し入れに異物が混入されていた件」

ビクリと身をふるわせたのは、アイリーンさまの近くにいる子爵も一緒でした。子爵のほうが落ち着きなく視線をさ迷わせておられます。

「先日、薔薇園の配管が故障し放水騒ぎがあった。その際、身元不明の侵入者が王宮内へ入り込むという不祥事が起こった。――この件に関して、なにかご存じだろうか。パルカス子爵」

「わ、私はなにも！　なにも」

「そうか。侵入者は幸いにもグレン含む近衛らが捕らえた。侵入者の目的はエリアーナの暗殺だったことが判明している」

ザワリ――、と周囲から驚きの声が起こります。わたしも瞬《まばた》いてビックリし、あの時のグレンさまのただならぬ様子はそのせいだったのかと納得しました。

「加えて、書庫室の梯子の器物破損、書物への塗布性による毒物の発見。茶葉への異物の混入。――いずれもエリアーナを狙《ねら》ったものであり、アイリーン嬢が出入りした直後の出来事であると、テオドール叔父上から報告が上がっている」

さらに、わたしは自分が書庫室から締めだされていた理由を知りました。テオドールさまが忙しくされていたのも、このためだったのでしょう。最近の梯子の傷みは、老朽化が進んでいたせいではなかったようです。

「そんな、言い掛かりですわ！　状況証拠ばかりではありませんか！　だれかが……怪しい、魔女のような者がすべて仕組んだのですわ。私はそのようなことはしておりません！」

ギラギラと、はじめて憎しみと嫌悪を込めた目つきで、アイリーンさまがわたしを睨《にら》みつけられました。

「そもそも、虫かぶり姫が分不相応な地位に居座り続けるのがおかしなことではありませんか！　殿下方に怪しげな薬物を使われているという話すらあります。そのような方がこの国の王妃にふさわしいと思われますか！　クリスさまは虫かぶり姫に騙《だま》されているのですわ……！」

周囲の人々にも訴えかけられる、真に迫ったアイリーンさまの告発でした。

サワサワと、周囲の者は困惑の気色をただよわせています。それが彼女の望んだ類《たぐい》のものでなかったのは、少ししてわたしにもわかりました。

「――なるほど」

わたしの背筋にゾクリと悪寒が走りました。とっさに殿下から距離を取りたくなりましたが、失礼にあたると考えてどうにかこらえました。

クリストファー殿下は微笑を浮かべておられるのに、それはそれは凍える怒りの気配をただよわせていました。

「あなたの動機と、父親のそれが異なるものであることはわかった」

「なにを……」

困惑するアイリーンさまにはかまわず、クリストファー殿下は晴れ渡った青空色の眸を階下の人々へ投げられました。

「私が自ら、我が婚約者殿の功績と評価を上げることほど口幅ったいものはない。発言を許す。承知の者は答えよ」

集まっていた者たちは皆顔を見合わせながら戸惑う様子でした。

わたしもアイリーンさまに劣らず困惑が勝ります。殿下のお立場に影が差してしまうやも知れない事態です。わたしは「虫かぶり姫」。アイリーンさまの発言すべてが誤りであるわけではないのですから。

「あの……」

一人の文官風の男性がおそるおそる、発言を求められました。視線でうなずかれる殿下に力を得てアイリーンさまに向き合われます。

「女性はあまりご存じではないのだと思いますが……。四年前のワイマール地方の領主と執政官の癒着と汚職、横領事件が発覚したのは、エリアーナ嬢が見抜かれたのです。おかげであれ以降、ワイマール漁港から運ばれる海産物が市場を活気づかせています」

「ワイマール地方と言えば」

とっさに口にした人物は厨房《ちゅうぼう》の下働きらしい男性でした。自身の発言にハッとおそれ慄《おのの》く様子で、殿下の視線にうながされて話します。

「あの地方から出た、魚介類を使った料理本はとても画期的で……えと、ボクら料理人もすごく勉強させられています」

同意を示したのは別の女官でした。

「同時期に出版された、ワイマール地方の主婦の日常が描かれた本が大流行しましたわね。王妃さまも愛読されていますわ。一家の主婦も一国の王妃も、同じような苦労と悩みを抱えているのね、とおっしゃられて。――あれらはエリアーナさまがお身内の、出版関連を手掛けられる商会を介されたと聞き及んでおりますわ」

本と言えば、とはじめに呼ばれて駆けつけた宮廷医師の一人である老人が愉快そうに髯《ひげ》をなぞっていました。

「エリアーナさまが取り寄せられた東方見聞書から、新種の薬草と効能が発見されましたな。あれは婦人病に効くものであって、殿下方、男性に効くものではないはずじゃが……。はて。どこでどう、話が歪《ゆが》んだのですかな」

発言をお許しください、と律儀に申し出たのは近衛《このえ》の分隊長らしき中年の男性でした。

「昨年のマルドゥラ国の大寒波被害をいち早く予期し、前以て備蓄を例年の倍加算するよう進言されたのも、エリアーナ嬢だと聞き及んでいます。おかげで好戦国マルドゥラに、食糧援助や支援物資の恩義を売ることができました。今後、我が国に戦を仕掛けようとすれば、まず自国の民がそれを許さないでしょう」

「あら――」

と声を上げられたのは数人の貴婦人です。ご夫君に付いて来られたのでしょうか。

「マルドゥラと国境を接している辺境伯領で織られたスイラン織。廃《すた》れてしまっていた特殊な技巧で織られた織物をよみがえらせて、いま社交界で流行《はや》らせているのも、エリアーナさままですわ」

「ええ。とても人気で、なかなか手に入らなくて私も困っていますの。半年先まで予約待ちだとか」

「でもおかげで、目立った特産品のなかった辺境伯領が、いま機織り職人でにぎわっているという話ですわ」

「あら、そう言えば四年前から殿方への贈り物で人気の東方渡りの筆を流行らせたのも、エリアーナさままですわ」

あれは女性の間でも人気ですわ、羽ペンほど力がいらないんですもの、と婦人方はコロコロ笑い合っておられます。

話は様々に飛び火していきました。あれ以降、気象学の分野が注目されはじめているのだとか、機織りの発明品にエリアーナ嬢の口添えがあったとか、古代史解読の研究者、または薬室長が熱心にエリアーナ嬢を追いかけ回している話、特産品のない地方領主が彼女の助言を欲しがっている等――。

わたしはだんだん、空恐ろしくなってまいりました。

覚えのあるような話よりも、皆さまの話されているエリアーナは「虫かぶり姫」ではない、別の人間にしか思えません。

何かの間違いではないでしょうか……。

いたたまれない思いを抱いた時、ふいにわたしの腰がグイと力強い手で引かれました。見上げると、クリストファー殿下のすい込まれそうな青の双眸がありました。

……なぜでしょう。ほほ笑まれているのに、逃がさない、と言われているような気がするのは。

「――我が婚約者殿の功績と影響力は、皆も十分理解してくれているようだが」

あざやかな眼差《まなざ》しと絶対の王者のお声が響き渡りました。階下の敬服が込められた視線は、一心に殿下とわたしに（まで……）集まります。

その中で唯一、ぼうぜんとしたアイリーンさまへ殿下は視線を落とされました。

「中にはまったく知ろうともしなかった者もいたようだね。それこそ、分をわきまえよと言いたいところだが――。それがかろうじて、あなたの罪状を一つ減らしたようだ。アイリーン嬢」

「なんのことですの……」

もはや毒気を抜かれた態《てい》でつぶやかれていました。殿下の眼差しは鋭く、その背後の男性へ向けられます。

ヒッと息を呑《の》む声がここまで聞こえました。

「一月前、王家の秘宝と認定されている英雄王時代の陶磁器、ツェルガが発見されたとカスール伯爵より王家へ献上があった。鑑定士も本物だと鑑定したものだったが……エリアーナが贋物《にせもの》だと見破った。――では、カスール伯爵や鑑定士が王家を騙そうとしたのか？　鑑定士はともかく、代々忠義の

家系として有名なカスール伯爵が？」

問い掛けるというよりも、皆に言い聞かせているような口調でした。視線はパルカス子爵に据えられたまま動きません。

「それで詳しく調べていくと、最近王都内でも貴族や商人の間で美術品収集や展覧が流行っているが、贋作《がんさく》騒ぎも頻発している。黒幕は一つのようだがなかなか尻尾《しっぽ》を出さない。そんな時、泳がせていた鑑定士が不審死を遂げ、エリアーナの周辺に不穏な影が出た。

――ツェルガの贋物でカスール伯爵を貶《おとし》めるはずが、見破ったエリアーナに対する逆恨みか、それとも、彼女がいなければ己の娘がその地位に就けるとでも思ったのか。どちらかな、パルカス子爵」

呼びかけられた男性は兵士に拘束されたまま、器用に飛び上がりました。

「わ、私はなにも知りません！　いったい、なんの証拠があってそのようなことを……！」

「確かに。それには本当に私も手を焼かされたよ。きみの娘が私に近付いてきた時も、きみの差し金かとも思ったが、さすがに娘に悪事のすべてを知らせてはいなかったようだね。まあ……薔薇園の侵入者の件や毒物の関与等は父娘の共犯と見なすが。

――アイリーン嬢は色々と語ってくれたよ。カスール伯爵本家との確執を訴えて私に恩情を求めたり、パルカス子爵家は分家に組み込まれるよりも昔、元は西方諸島の出だったとか。そこから伝わった技法で木彫り細工を得意とする職人を、いまでも召し抱えているのだとか――」

ふるえ上がった子爵の顔色は、いまや紙のように真っ白でした。

殿下は人が悪そうに思い出し笑いをされていらっしゃいます。

「聞いた時には、私も思わず声を上げて笑ってしまったよ。どれだけ子爵家の領地や関係のある商家を調べても見つからないはずだ。まさか林業に隠れて――ネヴィル河畔に浮かんだ材木の中に、贋作が隠されているなんてね」

殿下が上げられた視線の先には、タイミングよく、グレンさまと人品卑しからぬ風貌《ふうぼう》の男性が現れたところでした。

老年の実直そうな――どこか融通の利かなさをただよわせた男性は、階下で膝《ひざ》を折りました。代わって足早に階上へかけ上がってこられたグレンさまが、殿下の腕の荷物と引き換えに別の紙束を渡されます。

ザッとそれに目を通した殿下は、あざやかな青の双眸を鋭く階下へ向けられました。

「証拠は押さえた。パルカス子爵所有の材木物資から、贋作と見られる美術工芸品多数、そしてツェルガの複製品と見られる品も押収した。ツェルガの複製行為は王家への反逆と同等の罪であることは、この国の貴族なら重々承知のはず。

加えて、子爵と懇意の商家からベルンシュタイン侯爵令嬢を害すために使用された毒物と同種のものが押収されている。王宮侵入者とその方の繫《つな》がりも裏を取ってある。――以上、申し開きはあるか。パルカス子爵」

ガックリと、子爵の膝が折れました。これまで殿下はさりげに子爵を問い詰められていましたが、どうやら言い逃れのしようがない証拠が届くのを待たれていたようです。

子爵の様子にはもはやどんな言い訳も口にする気力がない、抜け殻が残っているだけでした。

殿下は次に、膝を折った老貴族に視線をやりました。

「カスール伯爵。この度の贋作騒動、そなたも被害者の一人ではあるが、分家の暗躍を未然に防げなかったこと、本家としての責は重いと言わざるを得ない」

ハッ、と低い律儀な声が頭を下げた先から返されました。

「此度の一件、我がカスール家一同、責任の重大さを痛感しております。如何様《いかよう》にもご処分くださ い」

重ねて、と老貴族の声に熱がこもりました。

「王家の秘宝、ツェルガの贋物を見抜けなかったこと、カスール家末代までの恥。それを見破り、王家への不名誉を未然に防いでいただいたベルンシュタイン侯爵令嬢に、心より御礼申し上げる！

——僭越《せんえつ》ながら我がカスール家、エリアーナ・ベルンシュタイン嬢の妃殿下への後押しをさせていただきたく存じます！」

…………はい？

わたしは思わず、ちょっとよろけそうになってしまいました。そんな話はまったくしていなかったと思うのですが。

ザワザワと、階下に集まっていた人々からもカスール伯爵の言葉に興奮気味の空気が広がっています。

　クリストファー殿下は紙束をグレンさまに預けるとわたしの手から残りの本を取り上げ、そして再度、しっかりとわたしの腰を自身へ引き寄せられました。

　裁定者から打って変わってにこやかな笑みは、それはきらきらしく輝いておられます。わたしがなにを言う間もなく、その笑顔を階下の者へふりまかれました。

「感謝する、カスール伯爵。貴殿の申し入れ、ありがたく受けよう」

　いいえ、殿下。ここはわたしのセリフの出番では。

「私もこのような場で公にするのは自重すべきとは思うが、此度の一件で皆のエリアーナへ対する忌《き》憚《たん》のない評価も聞かせてもらった。ゆえに問おう。――エリアーナ・ベルンシュタイン嬢が我が妃として立つことに、否《いな》やのある者はいまこの場で名乗り出よ」

　反する者がいようはずもありません。

　アイリーンさままでさえ、茫然《ぼうぜん》自失状態で言葉がないようです。様々な立場の人からわたしの評価が上げられ、自身の偏った思い込みを突き付けられた格好になってしまいました。さらに、父親の悪事までが暴かれてしまったのですから。

　わたしの頭の中も負けじと大混乱でしたが、この時ようやく、殿下のきらきらしいほほ笑みには裏の意味があったのではないかと、四年かけて今頃《いまごろ》、その事実に気付かされました。

　一人、二人から拍手が起こると、それは見る間に満場一致の総意となって割れんばかりの歓声に包まれました。

まるで、劇場の大団円の中にいるようです。

殿下はにこやかな笑顔でそれを受けられると、追って公式発表を行う、と解散（閉幕）を告げられました。

わたしは突然引き出された舞台の上で、まがりなりにも主要な役どころの一人であったにもかかわらず、台詞《せりふ》のひとつもなく退場したことに、遅蒔《おそま》きながら気付かされたのでした。

四幕、舞台を降りた後で

放心状態のまま、殿下に腰を抱かれていつもの執務室へ続く回廊を歩いていました。

殿下はお疲れのご様子のグレンさまから現場の状況を聞き、さらに指示を出されています。途中で待ち構えていたようなテオドールさまとアレクセイさまと合流しました。

お二人があの舞台劇のような場に居合わせられなかったことに、いまさら気付かされます。殿下に近しい者がそろい踏みでは、いかにも仕組んだ筋書きに見えることを懸念されたのでしょうか。叔母に読まされた本では、主要人物は必ず舞台にそろっているものでしたのに。

…………いえ。

舞台はいったい、いつから幕を開け、そしてどのような筋書きが用意されていたのでしょうか。

わたしの配役は「虫かぶり姫」ではなかったのでしょうか。どこかで台本を読み違えたのでしょうか。

グルグルと、わたしの頭の中は混乱も極地でした。

そこに殿下から返却本を手渡されたテオドールさまが、気遣わしげにわたしをのぞき込まれてきます。

「――エリィ？　大丈夫か」と。

殿下の眸《ひとみ》よりも濃い群青色の双眸《そうぼう》が真摯《しんし》に見つめてきました。

「すまなかったな。クリスが話したと思うが、身の危険があったために書庫室へ近付けられなかった。職員たちがエリィを書物から遠ざけたのも、きみの身を案じてのことだ。皆、きみが気を悪くするのではないかと気を揉《も》んでいた。もう懸念はないから、いつものように利用しなさい」

それは書物談議を交わす時の、わたしの知っているテオドールさまでした。知らずわたしの肩から力が抜け、ホッと息がつかれます。

「……はい」

フッとテオドールさまは小さく、いたずらっぽく笑まれます。

「それにしても――クリスにしてやられたな。あの状況を利用して成婚話を推し進めるとは」

どこかですべて見ていらしたのでしょう。隣の殿下がなんとなく不機嫌そうな日付きから一転、あざやかな笑みを浮かべます。

「先手必勝です。最後の難関だったカスール伯爵も落としました。これでベルンシュタイン翁《おう》も文句ないでしょう」

突然出た祖父の呼び名に思わず殿下を見上げました。テオドールさまはなにか意地悪く笑んでいらっしゃいます。

「そろそろ大詰めかと思って、エリィを呼び出した私に感謝しろよ、クリス。――まあ、私個人としてはあのままこじれてくれても全然かまわなかったんだが」

すると、殿下の気配がふいに毛羽立ったように乱れました。

「甥の婚約者に横恋慕するような真似《まね》はおやめくださいと、何度も言っているはずですが。……だいたい、エリィといくつ歳《とし》が離れてると思ってるんですか」

この少女愛好者、と殿下らしくない言葉が聞こえた気がします。きっと気のせいでしょう。

「貴族同士の結婚で歳の差なんてありふれているだろう。それに、エリィと一番話が合うのも私だ。だれかさんはしょっちゅう、ものすごい目つきで睨《にら》んできていたがな」

「叔父上が馴《な》れ馴れしすぎるんですよ！　それに先から、エリィエリィと気安く連呼しないでいただきたい！」

……先ほどまでの冷静沈着に罪を暴かれていた殿下はどこに行ったのでしょう。

わたしが目をしばたたいてそのやり取りを見ていますと、不機嫌をふくんだ冷ややかな声が割って入りました。

「じゃれ合いはその程度でお収めください。後始末と殿下の発言のおかげで新たな仕事が山積みです」

あー、と疲弊しきった様でグレンさまがうなだれていらっしゃいます。

「ホント……マジ勘弁しろ。いくら期限切れだってせっつかれてたからって、いきなり巻き巻きにしやがって。だいたいだな、一ヶ月かけて内偵してた案件を、三日で物証そろえろって、おまえはオレらを過労死させる気か。オレの隊から配置替え希望者が続出したら、マジ恨むぞ」

まったく、とアレクセイさまも苛立《いらだ》ちを隠そうともされません。

「数世代ぶりに表舞台へ引っ張り出した『サウズリンドの頭脳』を、またも隠棲《いんせい》させるところだったではないですか。四年もの時間がありながら、麗しの王子さまはいったい、なにをされていたんですかね」

容赦ないアレクセイさまの嫌味でした。殿下はとても渋いお顔をされています。

「私は、エリィがベルンシュタインの人間だから伴侶《はんりょ》に望んでいるんじゃない」

「承知ですよ。初恋云々《うんぬん》の告《こく》り合いはお二人の時になさってください。馬鹿《ばか》らしくて聞いていられません」

アレクセイさまはいつも通り冷淡な様で紙束を繰っていました。そこに明るい声で新たな顔ぶれが現れます。

「――ホーント、麗しの王子が実はこんなヘタレだったなんてね。知ってれば、アイリーンも違う攻め方があったろうに」

いたずらっぽく笑んだのは蜂蜜《はちみつ》色の髪の宮廷楽師、アランさまでした。

回り込んで来られると素早くわたしの片手を取って、そこに口付けを落とされます。油断のならない翠緑《すいりょく》の眸がわたしを捕らえました。

「改めまして、エリアーナ・ベルンシュタイン嬢。ボクはアラン・フェレーラ。あなたのことを妖精《ようせい》姫の愛称で広めたのはボクだよ。これからはアレクたち同様、親しくしてくれるとうれしいな」

妖精姫？

わたしは瞬《まばた》いて内心否定しました。なんの冗談でしょう、と。

実を申しますと、領地にいた頃《ころ》のわたしにはもうひとつのあだ名がありました。『図書館の亡霊』

――というものです。

わたしの髪は亡き母ゆずりの色素のうすい金髪で細かくクセがあり、ポワポワとまとまりなく広がっています。薄暗がりの中ではボウッと浮き上がって見えるそうです。また、室内で本ばかりを読んでいますので肌は白いというより青白く、人より本を相手にしているので表情にも乏しいです。

それらがよりいっそう、亡霊のイメージを高めているようです。

領地の子どもたちの度胸試しにされたこともありますし、いつかは天気のよくない日暮れ時、書斎の暗がりにいたわたしを見て新人の小間使いが、『で、出た――！』と叫んで逃げ出したこともありました。

……わたしの幽鬼っぷりはどれほどなのでしょう。そんな人外のものにたとえられるぐらいなら、「虫かぶり姫」の方が断然マシなのです。いえむしろ、ベルンシュタインの人間にとっては栄誉にも等しいです。

本の虫が転じての、「虫かぶり姫」なのですから。

妖精姫なんておそれ多い愛称をわたしが内心で否定していますと、スパン、と見事な素早さでクリストファー殿下がアランさまの手をはたき落としていました。

「あの状況になる前になぜ止めなかった。結果よしとしても、おまえが今回公然と出てきたせいで、この先やりにくくなっただろう」

えー、とアランさまは悪びれた様子なく反論されます。

「殿下だって子爵呼び出して決着つけようとしてたじゃん。娘にも同じようにさせてあげないと、彼女、思い込みが解けなさそうだったからさ。殿下がエリアーナさまを王宮から遠ざけたおかげで決定的な場面が作れなくて、それは苛立ってたから。なるべくしてなった、ってやつだよ」

裏のない明るい口ぶりで、それに、とからかう色を口の端に見せます。

「ボクの正体だって、いい加減もう潮時でしょ。王妃さまやその周りのご婦人方、聡《さと》いご令嬢方なんかには、とっくにバレバレだったし。むしろ、ボクがいるたびに殿下の過保護っぷりとデキア――」

ムガ、とアランさまの口が乱暴にふさがれました。それを行った殿下にわたしは先から目をしばたたいてばかりです。

「あの……」

それでも気になる単語を思い出して、わたしはアランさまへ謝罪しました。彼が殿下の腹心であり、陰ながらわたしの周囲に目を光らせてくれていたのなら、お礼も申し上げるべきでしょう。

「いままで気付かずに、大変申し訳ございませんでした。以後は気を付けさせていただきます。宮廷楽師さま」

「…………アランデス」

やっぱりボク、四年間一度も気付かれてなかったんだ、これでも殿下に負けず劣らず女性受けする役どころのはずなのに…………ハハハ、とアランさまはどこかうつろな、自信を見失ったような目つきをされます。

わたしは大変申し訳ない心持ちになりました。わたしが社交界を苦手とする理由がここにあります。人様のお顔を覚えるのが苦手なのです。

本であれば、どれだけ多岐にわたった分野であろうと覚えられるのですが。

フンと鼻を鳴らされた殿下に、アランさまがムッとしたお顔をされます。気が置けないように半眼を返されていました。

「まあ、でもボクはどっかのヘタレ王子とは違って、彼女の叔母にまで協力を仰いで王宮から遠ざけておきながら、結局は誤解させて愛想尽かされる真似なんてしないから。――なんでも？　エリアーナさまに本を突っ返された時には吹けば飛んでく紙――いや、灰みたいに真っ白になってたとか？」

とたんに硬直した殿下の前で、ほう、と面白そうなテオドールさまの合いの手が入ります。

「ベルンシュタインの人間が本を突っ返した？　それはまた……太陽が西から昇ったような現象だな」

げっそりしたお声はグレンさまでした。

「ヤ……勘弁してください。それが切っ掛けで、なんかが降臨したっつーか」

素が出た、っつーか……と、今度はグレンさまが涙目でどこかうつろな眼差しです。よほど、今回の件で奔走させられたのでしょう。

同情と労《いた》わりを覚えたわたしも内心反省します。あの時の自分が大人《おとな》げない行動をしたのは、いまならわかります。

結局は、わたしの誤解と思い込みだったようなのですから。わたしもアイリーンさまのことを責められはしないでしょう。

その時「——エリィ！」と呼ぶ声が背後からかけられてふりかえりました。兄のアルフレッドが足早にかけてくるのに、わたしもつられてかけよります。

知らず、色々と緊張していた身体《からだ》が家族の顔を見て解《ほど》けました。

「お兄さま」

近くに来たわたしの顔を見て、兄は父と同じ灰色の眸でうかがう色をただよわせます。

「騒ぎがあったと聞いたが……大丈夫か？」

心配そうに額髪をかき上げるようになでられました。子どもの時から変わらない、顔色を確かめる仕草にわたしも表情をゆるませます。

「はい」

アイリーンさまには複雑な思いがありますが、彼女の思惑通りに事が運んでいたら、わたしはこの兄や父にも多大な迷惑をかけていたところでした。

これは舞台劇じゃなく現実だと、兄の手のぬくもりにようやく実感することができました。

「まあ……クリストファー殿下がおられて、おまえになにかあるとは思えないけれどね」

そう言って近くに来られた殿下に目を上げます。殿下はきらきらしい笑顔を取り戻されていました。

「ベルンシュタイン翁と侯爵に伝えてくれ。条件はすべて満たした、と。……多少、期限が過ぎたのは目をつぶってもらえるとありがたい」

兄はこぼすような微苦笑でうなずきました。伝えましょう、と。続いて――ただし、と声音があらためられます。

「もしまた、妹にあんな顔をさせたら、ベルンシュタインの頭脳を総動員してでも許しませんので、そのおつもりで」

殿下のお顔が小さく引きつりました。――心得ている、と返されるお声も硬いです。

アレクセイさまが吐息で割って入られると、書類のいくつかを兄へ渡しました。それから、と。

「――申請されている休暇の件ですが、フレッドがいないと三日で宰相閣下が過労で倒れます。財務室も同様ですね。ベルンシュタイン侯爵がおられないと、間違いなく混乱と混沌《こんとん》の極地になり果て、持ち直した国庫が再度傾きかねません。――ということで、申請は陛下の権限をお借りして却下させていただきました」

「まあ……そうなると思っていたけれどね」

あきらめまじりの口調の兄です。アレクセイさまとは同じ文官同士、気安い仲なのはわたしも知っておりました。

書類を見て肩を落とす兄は、心のどこかで父と同じように休暇をもぎ取って読書三昧《ざんまい》したい気持ちがあったのでしょう。わたしだけがその立場を得ていて、なんだか申し訳ない気分です。

と、アレクセイさまの蒼氷色《そうひょう》の眸が兄の心中を見抜いたように鋭くなりました。そもそもベルンシュタインの人間は、と言いかけるアレクセイさまを兄はあわてた様子でさえぎります。

「あー、え——殿下。エリィも。陛下と宰相閣下が二人をお呼びです。事の仔細《しさい》を報告せよ、と」

すると、今度はクリストファー殿下が若干、あわてられた様子でわたしを引き寄せました。

「火急の用にて、少し時間をいただくと伝えてくれ。王家の存亡に関わる一大事だと。——叔父上、アレク、先に説明を頼む」

早口にそう告げられると、わたしをつかんだまま、その場から逃げるように立ち去りました。

後にする親しい方たちのどこかあきれた視線に見送られて、わたしの頭の中には再度疑問符が浮かびました。

王家の存亡に関わる一大事——？

〜・〜・〜・〜・〜

連れて行かれたのは、いつものクリストファー殿下の執務室でした。お茶を給仕してもらうと殿下は早々に人払いをして、室内は二人っきりになります。

わたしはなによりもまず、真っ先にたずねたくてたまらない事案がありました。

……なぜ、わたしの隣におられるのですか、殿下。

火急の用、王家の存亡の一大事、とおっしゃられた割には優雅にお茶をたしなまれています。そうして全身で大きく息をつかれました。それはとても安堵《あんど》した響きでした。

そしてわたしに向き合われると、おもむろに手を伸ばして来ます。触れるか触れないかの間際で添えられた手はわたしの頰《ほお》にあり、殿下の指先が耳にふれていました。

わたしのポワポワの髪にも。

「――やっと、つかまえた」

いままでにない甘い微笑に、カッと頰に熱が走りました。耳の先にも。

クリストファー殿下はゆっくり微笑を深めると、青色の双眸もなごませました。

「ごめんね、エリィ。いままでたくさん、誤解と不安を与えたね」

わたしは首をかしげそうになって、殿下の手にふれてしまうためにそのまま硬直しました。殿下はフフ、といたずらっぽく笑むと話しだしました。

「実は四年前……というか、ほんとうは十年近く前なんだけど……。いや、うん。きみと婚約するにあたって、ベルンシュタイン翁と侯爵から出された条件があったんだ」

「条件、ですか？」

「うん。一つ目は、ベルンシュタインの隠し名を使わず、貴族たちから婚姻の賛同を得ること。二つ目は……エリィの関心を書物よりも得ること」

わたしは思わず言葉を詰まらせました。殿下はクスと笑って、かすかにわたしの頬をなぞって手を離します。

「期限は四年。エリィが成人するまで。それまでに条件が満たされなければ、婚約は解消されてエリィもアルフレッドも侯爵も——宮廷から引き上げて領地に引きこもる話だったんだ」

「まあ……」

全然知りませんでした。と言いますか、はじめに聞かされていた話と全然違います。殿下は小さく吐息をつかれました。

「それで私が成人しても、強引に成婚の話を進めることはできなかった。ごめんね。不安にさせて」

真っすぐ眸を見つめて謝意を伝えて来られます。わたしはかすかにたじろいで、飛びだしそうな鼓動を懸命に抑えました。

「……はじめに、言っていただければ」

うん、と青空色の眼差しがどこか遠くを見る目で宙にただよいました。

「あの時のエリィに言ったら、まず間違いなく、『そんな面倒くさいことをせずとも、婚約相手は他《ほか》の方になさってください』——とか返されただろうね」

「………」

返す言葉もありません。

たしかに当時のわたしは王宮書庫室という餌《えさ》につられました。しかしそれがあったとしても、事情を話されて諾《だく》とうなずいたかと言えば――否《いな》です。

自由の時間と王太子婚約者の立場――どちらを取ると言われたら、当時のわたしなら、まず間違いなく前者です。本を読むための時間は譲れません。

「……申し訳ありません」

「そこで謝られると、私の立場がないというか………いや、まあ。結局エリィは、書物より私に関心を示してくれた。そうだよね？」

ちょっと……だいぶ、私の予定と違っていたけれど、と引きつったお顔をされたかと思うと、にこやかな微笑でわたしを見つめてきます。

殿下がおっしゃられているのは、わたしがいただいた本を突き返した時のことでしょう。たしかにあの時のわたしには、すべての書物が無価値なものに映りました。

――「虫かぶり姫」の、わたしが。

「殿下は………」

口にしかけて、わたしはためらいました。誤解と、わたしの思い込みがあったのは理解しました。けれど、感情のすべてがすぐに追い付くわけではありません。

今朝《けさ》までわたしは、婚約が解消されるのは時間の問題で、殿下とアイリーンさまは互いに想《おも》い合われる仲なのだと思っていたのですから。

うん、と殿下のお声もやさしく、わたしの気持ちを解きほぐすかのようです。かるく、けれどしっかりした意志を見せて、わたしの膝上《ひざうえ》の手をにぎりしめてきました。

「アイリーン嬢のことで、エリィをさらに不安にさせたよね。ほんとうにごめん。……ツェルガの贋《にせ》物《もの》騒動からずっと、彼女には目を付けていたんだ。はじめは埒《らち》もない噂《うわさ》を流す程度だったから泳がせていたんだけれど、父親にそそのかされたのか便乗したのか、エリィの命を狙《ねら》いだしたからね。私としては、その時点で捕らえる気だった」

真剣な表情から忌々しそうに殿下は秀麗なお顔をしかめられます。

「けれど、それでは黒幕のパルカス子爵が娘を犠牲に、自分は知らぬ存ぜぬを押し通すかも知れない。アレクにもそう説かれて、仕方なくエリィの周辺に腕の立つ護衛を置いて、パルカス子爵の証拠をつかもうとしたんだが……これがまた、無駄な才能を見せてくれてね。怪しい臭《にお》いは鼻をつくほどだったのに、確たる証拠が上がらなかった」

苛立たしさを思い出したようにあさってを睨んで髪をかき上げられる仕草に、わたしもドキリとしました。

世間的には評判通りにふるまうクリストファー殿下ですが、政務中や内輪の中ではこういった態度をとられることもあります。それが飾らない殿下の内面を見せてもらっているようで、女性にはことさら特別意識を抱かせてしまうのです。なんとも罪作りなお方です。

そんな感想を抱いているわたしを置いて、殿下は一瞬冷笑をひらめかせました。それはわたしもはじめて目にする、剣呑《けんのん》な恐ろしさが宿ったものでした。

「そうして私がまごついている間に、あちらは暗殺者まで仕立てて来たからね。アイリーン嬢が用いた毒物は致死性のものではなく、多少具合が悪くなる程度のものだったようだが……それで私としても、手段を選んでいる猶予はないと思ったんだ」

言葉尻《ことばじり》と目尻《めじり》に怒気を見せ、殿下はあふれだす殺気を押さえ込んでいるようでした。

「グレンやアレクもアイリーン嬢から探ってみてはくれたんだが、これと言った収穫がない。私自ら探りを入れる行為が周囲にどう見えるか、わかってはいたけれど……。それで仕方なく、エリィを少し王宮から離すほかなかったんだ」

「……それで、わたしの叔母に協力を？」

うん、とため息でうなずいた殿下はおもむろに立ち上がると、長い足と歩幅で執務机から一冊の本を取り上げ、わたしをふりかえりました。

「でも結局、エリィに誤解させる結果になった。ほんとうに、あの時は頭が真っ白になったよ。……まあ、おかげでエリィに自覚してもらえたようだけれど」

そう言ってほほ笑まれるお顔はすっかり余裕を取り戻しています。その笑顔のまま歩み寄ると、再度わたしの隣に腰を下ろしました。

わたしを見つめる、やさしいけれどどこかいたずらっぽい眸は、わたしの心の動きなど見透かしていたような色です。

わたしはにわかに頬に血が上るのを自覚しました。わたしも、どこまでが殿下の手のひらの上だったのでしょう。

「でもほんとうに、エリィが本を突き返すほど傷付けてしまったことは反省している。これはほんとうに、もうずいぶん前からエリィのために探し求めていた本なんだ。きみの、喜ぶ顔が見たかった。……もう一度、受け取ってもらえるかな……？」

差し出されたのは、先日突き返してしまった稀覯本《きこうぼん》です。

これを手放した時の喪失感と、わたしの中で色褪《いろあ》せてしまった思いがよみがえって、胸のつまる思いでした。

殿下にとって、わたしに贈り物をするのはたいしたことではないのだと、なにも特別なことではなかったのだと。

けれど今、それを覆されて、どこか緊迫した真剣な眸で見つめられて、言葉にできない思いが込み上げてきました。

わたしのために探していたと——わたしの喜ぶ顔が見たかったと。

「はい……ありがとうございます。クリストファー殿下」

まるで、あの時手放してしまった想いをもう一度つかみ直すように、わたしはひっしに逃げだしたい羞恥心《しゅうちしん》と戦いながら殿下の眸を見つめ返しました。

本を受け取ったわたしに、ホッと殿下が肩をおろしました。そこには演技ではない、心からの安堵の表情が見えました。

「……エリィ」

殿下の手が再びわたしの片手をにぎりしめ、麗しい微笑でのぞき込まれてきます。

きらきらしい微笑と近付いてくる青い眸が、甘い雰囲気でわたしにまぶたを閉じるよう、無言でうながしてきます。

「殿下……」

ただよっていた甘い空気の中、わたしはいつも通り口を開きました。

「――我が家の隠し名とは、なんですか？」

ガクッ、とわたしにふれる寸前まで来ていた殿下のお顔が沈みました。……それは後でもよかったんじゃないかな、エリィ、とつぶやくお声にはなにやら悲哀の色があります。

なにか、申し訳ないことを申し上げたでしょうか。

そっと、悲しげな吐息をつかれると、殿下は気持ちを切り替えるように目頭を押さえ、再度わたしと眸を合わせました。

「それを話す前にまず、誤解のないように言っておくけれど」

「はい」

「私は、エリィをベルンシュタインの隠し名ゆえにそばに望んだのではない。それだけは絶対に、心に留めておいてほしい」

きれいな青の双眸がわたしを捕らえて離してくれません。先からずっと愛称呼びになっていますが、それすら気になりません。

たじろぐわたしに殿下の微笑はなんだか迫力あるものになります。

「信じられないというのなら、今すぐこの場で押し倒してわからせてもいいけど」

はい⁉

わたしはあわてて心持ち身を引くと、首振り人形のようにうなずきました。

殿下はほほ笑んで話し出されます。

わたしの家は、『サウズリンドの頭脳』という隠し名があること。知っているのは王家の人間やごく一部の者に限られていること。ベルンシュタイン家の人間が仕えた王の御代は、等しく繁栄してきたこと。

「それは……光栄なお話ですが……」

わたしはかるく困惑します。

我が家は代々、ただの本好き一族の集まりではなかったでしょうか。父も兄もその例に漏れていませんし……。

殿下の声は苦笑交じりです。

「ベルンシュタイン侯爵もアルフレッドも、宮廷に勤め出した当初から能力の高さは飛び抜けていたんだよ。けれど、ベルンシュタインの気質で出世は望まず、本に埋もれて過ごすことを選んだから、宰相やアレクなんか、一部の者たちは役職に就けたくてずっと機会を狙っていたんだ」

「まあ……」

わたしが殿下の婚約者に選ばれたから、父と兄も重責を担う立場になったわけではなかったようです。

あらためて明かされる事実にわたしはただ驚き、同時に納得もしていました。

王家からの申し出に条件をつけられたのも、隠し名の影響力ゆえだったのかと。しかし……やはり宮廷の勢力図的には、弱小貴族に過ぎないのですが。

殿下はクスリと、声にして笑われます。

「ベルンシュタインの人間は己の能力に重きを置かないのが美点でもあり、欠点でもあるね」

おかげでここ何世代か、ずっと書庫室勤めで終わっている、と。

いいえ、殿下。それはベルンシュタインの人間にとっては最高の職です。

「エリィもその能力を示してきたよ。覚えはない？」

まったく、と眉根《まゆね》を寄せたわたしに、殿下は笑うような息をつかれました。

「――ワイマール地方の横領事件」

示唆されてわたしも記憶をたどります。

あれはたしか、殿下の婚約者としておそばに上がったばかりの頃。殿下の執務室で本を読むのも不慣れな時分、アレクセイさまと殿下の会話に引っ掛かりを覚えたのがきっかけだったと思います。

～・～・～・～・～


それは港町に面した一地方、ワイマールという地の近年の不漁による税収問題で、殿下たちが引き下げを話されていました。疑問を覚えたわたしは、思わずそのまま口にしていました。

「ワイマールはここ半年ほど、豊漁ではありませんか？」と。

瞬きをした殿下が冷静に反問されましたので、わたしも素直にお答えしました。

「――一月前に出た、ダン・エドルド著の旅行記に、ワイマール地方の漁の技法について記載がありました。あの地方の名物、サミ魚を使った料理がとても美味だと」

眉《まゆ》をひそめられたアレクセイさまの、それがなんです？　という言葉にしない声が聞こえて、わたしもちょっと心がひるみましたが、それでもなんとか返しました。

「ダン氏の文体は大衆受けしませんので人気は低いのですが……記載は正確です。彼の著にワイマール地方が不漁であるという記述はありませんでした。著は今年訪れた地域を題材にしていますので、過去の話ではありません。それに――」

わたしは少しためらいました。さすがに気恥ずかしかったのです。

「サミ魚の料理とはどんなものか気になりまして……ワイマール地方の地域回覧版を取り寄せてみました」

「地域回覧版？」

殿下が意表を突かれたようなお声を出されました。わたしはうなずき返します。

「料理本などはなかったので、地域回覧版なら載っているかと。そうしましたら、とても活気のある内容で面白かったものですから、半年ほど遡《さかのぼ》って取り寄せました。――その記事のどれにも不漁の記載はありませんでしたし、むしろ漁師たちの活発な仕事の様子が載っていました。サミ魚を使った料理の数々も。不漁で困っている地域には見受けられませんでしたが……」

不漁なら活気があるわけはないし、漁師たちの活発な仕事の様子などありえません。まして、名物料理の数々など。

そこまで話しますと、殿下とアレクセイさまが険しいご様子で顔を見合わせられました。殿下はすぐさま指示を出されます。

「――アレク。ワイマール地方の領主と執政官を至急調べろ」と。

そうして、またたく間に不正と癒着が発覚し、租税の横領が明るみに出た次第でした。

わたしの顔はなさけなさそうになっていると思います。

「あれは、殿下とアレクセイさまがお調べになって見抜かれたのではないですか」

わたしの功績などではありません。殿下は笑って頭をふられます。

「エリィの発言がなかったら、発覚しなかったよ。それに、料理本にして出版させたのはきみだろう？　さっきの彼も言っていたけれど、あれがきっかけで市場の海産物人気も高まったんだ」

地域回覧版なんてものがあるのも、はじめて知った。きみがあれに掲載されていた主婦の日常が描かれた短評欄に目を付けて出版化を勧めた。それも大流行したから、出版関連の商会では、きみが次に何に目を付けるのか動向をうかがっている――。

わたしはちょっと、ポカンとしてしまいました。

料理本として一冊にまとめたのは、家の料理人がそう望んだからであり、短評欄を一冊の本にしたのも、ただ単にわたしがまとめて読みたかったのです。

世の中、なにが幸いとなるか、ほんとうにわかりません。

「――それに、最大の功績はマルドゥラ国の一件かな」

殿下のお声にわたしは少し顎《あご》を引きます。それにはたしかに、色々と差し出口を申し上げた記憶があります。

あれもいつもの面々に加えて、農作物を管理する役職の方がそろってお顔を突き合わせ、豊作だった今年の小麦が値崩れしないよう対策を講じられている時でした。

南方の海上貿易への取り引き材料で話が進んでおりましたので、わたしは思わず申し上げたのです。

「――できるだけ備蓄として買い上げられたほうがよろしいです」と。

わたしが殿下方のお話に入るのは慣れた空気で理由を問われましたので、まだ少し自信がなかったのですが、お話ししました。

「半年前、王宮書庫室で本の虫干しをお手伝いしていましたら、三代前の管理責任者の覚書が出てまいりまして……」

わたしの話が明後日《あさって》から出てくることにも慣れたご様子で、アレクセイさまが続きをうながされます。

「それによりますと、サウズリンドではその年、豊作に恵まれましたが、他国では寒波や旱《ひでり》の被害が起き、その余波で内政が荒れ、マルドゥラ国からの侵攻もあったとありました」

「それが今年も起こると？」

「……おそれながら、気象官からそのような報告は上がっておりませんが」

農作物管理官は怪訝《けげん》なお顔をされていました。農作物と気象は関連が深いために、常に連携を取っておられます。

わたしはためらって返しました。

「豊作の年に、必ずしも気象被害が起こるわけではないようです。ですので、気象官の方も予測が難しいのだと思われます。それで思い出したのですが――。五十年近く昔の学術書で、いまは絶版になってしまった、ユーリン・コラル氏の『アルスの息吹』という気象書があります。その著書にも同様の記述がありました」

わたしは領地の図書館で昔に読んだ一冊を思い返していました。

「コラル氏も覚書と同じ判例を述べ、提唱をしたのですが、それが神話にも遡って触れる内容だったために学術書として扱われず、廃版となりました。けれど、その論旨は同一のものです。

書庫室の覚書には、その方が幼い頃にも他国で同様の事象があり、『アルスの息吹』には地方のごく小規模な判例がありました。両者とも……気象被害が起きるのには、発生条件か、法則があるのではないかと考えられていました」

「発生条件――」

「はい。それでわたしも気になりまして、調べてみたのですが……」

サウズリンドに限らず、アルス大陸の一部地域で豊作が続くと、別の地域で気象被害が起こる。絶対なわけではなく、その条件も判別できない。

ただ、統計を取って予測付けることは可能ではないかと考え、気象官の手の空いていそうな方と気象専門書の著者に協力を仰ぎ、テオドールさまに相談して他国の気象情報を集めだし……当然ながら、入手困難でした。

他国の情報というのは、得てして手に入りづらいものです。それで、大陸商人の記録を過去に遡って調べている最中ではありますが――。

「おそらく、七割方の確率で、マルドゥラを含む北西領域に寒波の被害が出ると思われます」

室内の面々には緊張が走りました。

統計を見せていただけますか、と管理官の方に言われ、わたしは書庫室のテオドールさまの元にある旨を伝えました。侍従に取りに行かせかける指示を、お待ちください、とアレクセイさまが冷静に止められます。

「寒波被害の予測が正確だったとして。――我が国が小麦を買い上げる理由になりますか」

むしろ、市場統制と流通状態に目を配るべきです、と口にされて、だな、とグレンさまも、武人らしい顔つきをされていました。

「マルドゥラとの国境付近に警戒を厚くしたほうがいいな。マルドゥラが攻め込んでくる可能性が高い。辺境伯に連絡を取って対策を講じるべきだ」

「――戦を仕掛けられるたびにやり返すのですか？」

わたしは静かに口にしました。歴史書を読むたびに、わたしには不思議でならないことがありました。

なぜ戦はなくならないのか。

なぜ戦を起こす者は、先人からなにも学ぼうとしないのか。

「他国に武力の脅威があった時、自国の防衛力を強めればそれで安心しますか？　力には力で返すのが文明国のすることですか？　――わたしたちは蛮族ではありません。知恵という武器を持った文明人のはずです」

シン、と室内が静まり返りました。わたしは考えていたことを口にします。

「戦を起こすのは簡単です。けれど、それによって失われる物の方が何倍も大きいのです（主に書物が）。それは、史実が教えてくれています。戦を仕掛けられるのを待つのではなく、その前に戦の芽を摘むのが、文明国の在り方ではないでしょうか」

考え深げにアレクセイさまがなるほど、とつぶやかれます。

「エリアーナ嬢のおっしゃることは理想ですが……その理屈が蛮勇を誇る国に通じると思いますか？」

わたしはにこりと笑み返しました。

「思いません。ですが、なぜ相手の水準に合わせて対応しないといけないのでしょう？　わたしたちにはわたしたちなりのやり方があるはずです。そして、そのための知恵をふり絞られるのが、文官さまのお役目ではないでしょうか」

グレンさまが少し冷汗を浮かべるようなお顔をされました。アレクセイさまの蒼氷色の双眸が鋭くきらめいたように見えます。

小さな失笑をもらされたのは、クリストファー殿下でした。

「アレクの負けだな。――戦は確かに、どんな大義名分を掲げようと、人殺し行為だ。それで勝利を得てもてはやされた戦国の世と、今世は違う。後に残るのは取り返しのつかない人命と根深い禍根だけだ。私も一国の王者に連なる者として、軽々に戦に踏み込む真似はできない。その前に打てる手があるのなら、手段を講じるべきだろう。エリアーナが調べた統計と叔父上、気象官を呼んでくれ。陛下と大臣たちにも午後一番に緊急会議を開きたい旨通達」

テキパキと殿下が指示を出され、皆が動きはじめました。

わたしも自身が調べた統計には責任がありましたので、おそれ多いことですが、会議の端に列席させていただくことになりました。

それが、先の分隊長さまが話されていた、マルドゥラ国との戦回避の件です。

わたしは当時の自身の生意気な発言の数々を思い出し、小さくなりました。殿下はそんなわたしをやさしく見つめられています。

「あの一件以来、エリィは軍人の家の女性陣からも人気らしいよ。だれも、好き好んで自分の夫や息子を戦地に送りたくなどないからね」

「……ですが、あれもわたし一人の功績ではありません」

反対者だってもちろんいました。ですが、それらを押さえて支援することでマルドゥラ国へ恩義を与え、さらに周辺各国へもサウズリンドの人道的行為を知らしめたのは、殿下や中枢部の方たちです。

それに、気象被害を予測できたのも、あの覚書や書物が基になったからですし、気象官や他の方々きっかけはエリィだよ、と殿下は暖簾《のれん》に腕押し（東方見聞書にありました）です。わたしはなんとか反論を思い付きました。

「でも、スイラン織を社交界に広めたのは、わたしではありません」

「復活させて取り寄せたのは、エリィだろう」

グッと言葉に詰まりました。

気象関連の一件で大陸商人の古い記述を読んでいましたら、いまは亡き織物の記載がとてもめずらしかったのです。その昔、いまほど紙が普及していなかった時代、機織りで当時の記録を残した風習があったのだと。

それで好奇心でどんなものかと伝手《つて》を使い、技法の詳細を職人と話し合ってお願いし、手に入れたのがスイラン織でした。

しかしあれは――。

「まあ、確かに社交界にお披露目したのは、ストーレフ伯爵夫人とそのご令嬢方だけれどね」

面白そうな口調の殿下に、わたしはさらになさけない顔になります。

ストーレフ伯爵家は亡き母の実家にあたります。母の妹にあたる叔母が、早世した嫡男に代わって婿養子を取り、跡を継ぎました。先日、腰を痛め、わたしに恋愛小説を延々と読ませたのがこの叔母です。

叔母には娘が三人おり、この方々がそれはかしまし——とても、にぎやかな従姉妹《いとこ》たちで、おしゃれに余念がありません。出来上がったスイラン織をその方達に見られたのが運の尽きでした。

わたしがなにを言う間もなく、あっという間に『私たちが社交界に広めてあげる！』とふしぎな言葉で奪い取られました。そしてまたたく間に流行に押し上げられ、辺境伯領の機織り職人からは悲鳴交じりの抗議文が届けられるという後日談がありました。

殿下はそれは人が悪そうに笑われています。

「エリィは身内に守られている。彼女たちはエリィの社交界での評判を、きちんと守ってくれているよ」

その言葉にはわたしも沈黙しました。叔母や従姉妹たちが、早くに母を亡くしたわたしを可愛《かわい》がってくれているのは事実です。

「ですが……ツェルガが贋物だと見破ったのは、わたしではありません。あれはお兄さまの功績です」

一応反論してみましたが、やはり殿下はほほ笑まれているだけでした。

「はじめにおかしいと気付いたのは、エリィだよね」

あれはたしか一月前のこと。

書庫室から執務室へ入室したわたしは、殿下とアレクセイさまが一つの陶磁器を間に挟んで渋い表情をさせている光景に出くわしました。

それでわたしもジッとその陶器をながめますと、気付かれた殿下が「ツェルガが発見されたようなんだ」と説明してくださいました。

王家の秘宝、と呼ばれるそのめずらしい陶磁器にわたしも好奇心で見つめ続け……はて、と首をかしげました。

「鑑定はされたのですか？」

「――鑑定書は付いています。なにか不審な点でも？」

アレクセイさまの返答にわたしの眉間《みけん》にシワが寄りました。疑問は覚えましたが、鑑定書が付いているのなら間違いはないのだろうとも思います。

でも、どうにも……。

「エリアーナ？」

クリストファー殿下にうながされ、わたしはその青い眸を見返して、なにかが腑《ふ》に落ちる気がしました。

「紛《まが》い物ではないでしょうか」

おどろく二人に進み出て、その陶器にかるく腰を折って見入りました。本を抱えたのとは別の手で陶器に庇《ひさし》を作り、影の中で確かめます。

「……ツェルガが王家の秘宝とされているのは、いまの世にはもうない鉱石と独自の配合で生みだされた、〝ツェルガの青〟と呼ばれる色彩が珍重されているからだと美術書にありました。――ツェルガは古代語で夜明けを意味します。つまり、〝ツェルガの青〟とは、夜明けの深みのある青のことです。……これはどうも、単体色に見受けられるのですが」

「間違いありませんか」

アレクセイさまが少し緊張を見せて問われるのに、わたしは自信なく身を小さくしました。

「……わたしは、美術工芸品に関してこれ以上のことは……。お兄さまなら、わかるかも知れません」

兄のアルフレッドは芸術方面（の書物）に造詣が深いです。なので、わたしよりも詳細がわかるだろうと伝えますと、さっそく呼ばれて陶磁器を見た兄は一言。

「――贋物ですね」

すっぱり断言されました。

わたしが話したものよりさらに細かく説明し、紋様などの違いも明らかにしました。

殿下は椅子《いす》にもたれて額を押さえ、難しげな顔つきで息を吐かれました。

「王宮宝物庫の鑑定士に、公に鑑定させる前で幸いだった。カスール伯爵の責任問題になるところだ」

兄の片眉がピクリと反応したようでしたが、この件は内密に頼む、という殿下のお言葉でその場は終わりました。

その後はグレンさまを交えて難しいお顔で内談されていらっしゃいましたので、わたしは関わっていません。

それがなぜか、先のようなお話の流れに結び付いていたわけですが……。

終幕、そして二人は

依然、なさけない顔つきのままのわたしに、殿下はおかしそうに笑われます。

「私もね、ベルンシュタインの隠し名を使わずに、どうやって上辺しか見ない者や、権力闘争しか頭にない連中にエリィのことを認めさせようか、けっこう悩んだんだよ」

これでも、とにこやかに笑われるお顔から、失礼ながら悩まれたご様子は見受けられません。

「ベルンシュタイン家は相も変わらず弱小貴族の評判を諾々と受け止めているし、権威に固執する家柄から舐《な》められても、のほほんとしている。それをどうやって覆そうかと。――でも、エリィは自分で自分の価値を示してみせたね。私が策を弄《ろう》す必要もなかった」

はい……？

殿下もかるく首をかしげてみせました。

「いま話しただろう？　きみは自分で、宮廷貴族も役人たちも、社交界のご婦人方も実力で黙らせたよ。さらに言うなら、サウズリンドの国民たちにも『虫かぶり姫』の評判は高まるばかりだ」

戦回避の件や流行を生みだす先見の明、さらには庶民の生活にも見識を持った親しみある姫君としてね――。

……殿下。それはだれのことですか。親しみって、『図書館の亡霊』と呼ばれたことですか。見識って、サミ魚料理に興味を示した食い意地のことですか。

なにかが間違っている、とわたしはアワアワと腰が引けました。

殿下はそんなわたしに、にっこりと笑顔で距離を詰めて来られます。

「まさか、エリィが自分で自分の地位を確立してくれるとは思わなかったな。うれしいよ、エリィ。きみも私の隣に立つことを望んでくれていたんだね」

「はい……!?」

素の声が出ました。アワアワと狼狽《ろうばい》しながら、きらきらしい笑顔に近付かれて、わたしははたと気付きました。

「――殿下」

それ以上近付かれたら頭突きも辞さない覚悟で、間近の青い双眸《そうぼう》を強く見返しました。

「誤魔化さないでくださいませ」

「…………ッチ」

お顔をそむけられても、聞こえております。

……なんでしょう。今日《きょう》一日で今まで見たことがない殿下のお顔ばかり、拝見している気がします。

考えてみればわかります。わたしの功績や助言はたしかにそれなりにあったのでしょうが、それを大々的にわたし一人の功績として広めるには、操作が必要です。

カスール伯爵の件がいい例です。そしてそれを行うことによって利を得るのは、いまの話の流れから言って、お一人しかおられません。

殿下は片手でまばゆい金髪をかき上げられると、かるく息をつかれました。

「たしかに、エリィの評判を多少操作したことは認めるけれど。でも、私がなにをしなくてもきみの評価は勝手に上がっていたよ。信じられない？」

真っすぐに眸《ひとみ》を返されますと、わたしとしてもそれ以上意固地になることはできません。

「殿下は……なぜ、そこまでして」

『サウズリンドの頭脳』

その名前がいまや重荷となってわたしにのしかかってまいります。それを得るために、クリストファー殿下はこれまで面倒な条件ものんで来られたのではないかと。

重たい気分で眸を伏せたわたしの頰《ほお》が殿下の手で持ち上げられます。つかまれたままの手にも力がこもりました。

迫力ある眼差《まなざ》しがそこにありました。

「エリィ。言ったよね？　私はベルンシュタインの隠し名ゆえにきみを望んだのではないと」

わたしは自分の眸がためらうように揺れたのを、殿下の目の中に見取ることができました。わたしの不安をかき消すように、殿下はやさしく息をつかれます。

「まあ……エリィが覚えていないのは、わかっていたけれど」

疑問を覚えたわたしに、殿下はやさしい微笑で教えてくれました。

わたしと殿下は十年近くも昔に、一度お逢《あ》いしているのだと。


～・～・～・～・～


その頃《ころ》の殿下はサウズリンドの第一王子として大切に育てられ、才走ったところもあったことから、それはもう、絵に描いたような傲慢《ごうまん》で高飛車な少年だったそうです。

ある日、殿下は王立図書館でなにかムシャクシャしていたらしく、本に八つ当たりしていたのだとか。

本を投げたり足蹴《あしげ》にしたり、的当てのための玉代わりにしたり――。

「……エリィ！　あらためて怒らないでくれ。あの時散々、きみに叱《しか》られたから！」

あら、殿下。そんなにあせられずとも、反省しているのならよろしいのです。

まあ、冷汗をぬぐわれるなんて、そんな大げさな。

「とにかく――」

殿下はその時、彼より年下の少女にピシャリと頬を張られたそうです。まあ、勇気のある行動ですが、おそれ多いですね。

その少女は殿下でさえも言葉をなくすほどの迫力をたたえて、『本に謝りなさい！』と叱ったそうです。どうにか我を取り戻された殿下が反論しますと――。

『どこのだれだろうが関係ありません！　書物は物言わぬ先人です。人類の宝です。あなたは口がきけない人に対して、非道なふるまいをしてもよいとでも教わったのですか』

『お、大げさだぞ……たかが書物ではないか』

『……あなたは何歳ですか』

『なんだ？　……じゅ、十二歳だ』

『あなたが投げたこの書物は、百余年も昔に書かれて、いまなお再版され続けている歴史書です。たかだか十二年ぽっちしか生きていないあなたなど、この書物の前には襁褓《むつき》の取れていない赤子同然です。お尻《しり》に殻がついたピヨピヨのピヨコです。偉大なる先人に謝りなさい！』

殿下はただただ圧倒され、彼より年下の少女に襁褓の取れていない赤子、ピヨコ――いえ、ヒヨコと言われ、下手《へた》にいままでその才智をほめそやされてきただけに矜持《きょうじ》がガタ崩れし、反省して謝ったそうです。

それから少女に興味を抱いた殿下は王立図書館に通い、少女に本の話を聞くようになったのだとか。

少女の話す書物の中身はどれも面白く、王子付きの教育係から教わるものとはまるで異なっていたのだと。

殿下が書物の話よりも、それを話す少女のほうに胸をときめかせるようになるのに、そう時間はかからなかったそうです。そのため、少女の身元を調べていた殿下は自分のそばへ上げたい旨、父親である陛下へ相談したところ――。

「いきなり、宰相と二人であわてだしたんだよ」

殿下はなんだか遠い目をされます。そんなにやんごとない身分のお方だったのでしょうか。実は他国の王女がお忍びで来られていたとか？

「エリィ」

殿下の眼差しがなんだか生ぬるいです。

「いま私は、きみと私の昔話をしているんだよ」

はた、とわたしも目をしばたたきました。

……と、いうことは、もしかしなくてもその少女はわたしのことですか。

はあ、と殿下は声にしてため息をつかれました。青空色の眸にもいつもの覇気がありません。

「ここまで話しても覚えていないって……いや。エリィの中ではきっと私は最悪な印象だっただろうから、覚えられていないのは幸いというべきか……」

まあ、殿下。元気を出してくださいませ。わたしの人に対する記憶力など朝露のようなものです。

殿下はふたたび眉間《みけん》のシワをほぐすように揉《も》まれると、話を続けました。

その時はじめて、件《くだん》の少女――エリアーナ・ベルンシュタイン嬢にまつわるサウズリンドの隠し名を聞いたのだと。

陛下や宰相閣下は、権力におもねることのないベルンシュタイン家ゆえに、王族のそばに召し上げるのは難しいだろうと殿下を諭されたそうです。——なにより、そんな隠し名を持つ一族の機嫌を損ねかねない要求は、避けたほうがよい、と。

それでもあきらめきれない殿下は忠告も聞かず、遠まわしに侯爵である父に打診をしてみたところ、翌日にはわたしは祖父が隠棲《いんせい》する領地へ帰されていたそうです。

「まあ……」

そこまで言われてわたしも思い出しました。

父は母が亡くなった後、本に見向きもできないくらい沈んでおり、わたしと兄をそばから離そうとしませんでした。それでわたしも幼少時は王都で育った記憶があるのですが、九歳の頃、突然兄とともに領地の祖父の元へ送られました。

それから社交界デビューする十四の歳《とし》まで、王都の土を踏んだことはありませんでした。

殿下はなにやら、とても苦々しく笑まれていました。

「あの時の自分の迂闊《うかつ》さは、ほんとうに、後ろ頭をシバキ倒してやりたいぐらいだね」

……殿下？　ご自分でご自分をどつくことはできないと思いますよ？

「まあ、とにかく。侯爵やベルンシュタイン翁《おう》に何度も申し込みを突っ返されて、ようやくエリィが社交界デビューしたと思ったら、メチャクチャ可愛《かわい》くなっているし、私のことは覚えてもいないし、他《ほか》の男から言い寄られても全然気付かないし……！」

……殿下。ちょっと怖いです。落ち着いてくださいませ。

それにあの……痘痕《あばた》もえくぼ、という諺《ことわざ》をご存じですか。もしくは、蓼食《たで》う虫も好き好き——とか。

わたしも、自分で自分を卑下する趣味はないのですが……殿下にも不敬だと思いますし。

先よりもいたたまれない思いで腰が引けていますと、殿下のどこか据わった青い眸がわたしを捉えました。

「だいたいエリィは無自覚すぎる。いつだったかは、他国の大使がきみを口説き落として自国に連れて行こうとしてたのにも、まったく気が付かないし。私がどれだけ気を揉んだことか……！　エリィは自分が人目を惹《ひ》く容姿なのに、もう少し自覚を持たなければダメだ」

え……。図書館の亡霊は意外に皆さまに人気があるのですか？

殿下の青い眸が深みを帯びて濃く染まりました。ビクリとわたしの身体《からだ》にふるえが走ります。

「エリィ。私は図書館の亡霊でも鈍すぎるきみでも、気持ちが変わったりはしないけれどね。少し思い知ったほうがいいのかな。十年近くかかって、やっとの思いでつかまえたんだ。私はいまさら、なにがあってもきみを手離す気なんてないからね？」

ハワワ、とつかまれた手のまま、背がのけぞるようになりました。

さすがのわたしでも、ここまでくれば殿下がベルンシュタインの名ではなく、わたし個人を望んでくれていたのはわかります。でも、——でも。

「で、ですが、殿下。わたしはお妃教育を受けていません」

殿下の青い眸がパチパチと瞬《まばた》きました。なんでしょう、その虚を突かれたようなお顔は。

……聞こえておりますす、殿下。なんですか、エリィでもそんなことを気にするんだ、とは。

「教育は受けていないけれど……試験は受けたよ。それでエリィに教育は必要なしとされたんだ」

はい…………？

「私の婚約者になったばかりの頃、母上や女官たちの茶会や質問攻めにあっただろう？　あれで知識、教養、礼儀作法、……社交性はまあ、置いておいて。容姿や性質も問題なし、とされたんだ」

「き、いておりません……」

「うん。言わなかったから」

言ったら絶対、エリィ逃げだすと思って。

きらきらしい微笑は悪魔のほほ笑みだと、わたしはこの時悟りました。近付かれる殿下から逃れる術《すべ》はあるのでしょうか。

「わ、わたしは社交界が得意ではありません」

お妃さまの絶対条件でしょう。

殿下、わたしの手に口付けるのはやめてくださいませ。心臓が口から飛び出しそうです。

「――母上は、外交が苦手なんだ」

はい？

「他国の文化や知識や言語とか……苦手なんだよ。だから、他国から賓客が来ると、いつもエリィを呼んで王宮に滞在させるだろう?」

きみなら、その知識に長《た》けているから、と。

そう言えば……とわたしも思い出します。てっきり王太子婚約者の役割だとばかり思っていましたが。

わたしは他国の本も読みたかったので、他国の言語を学びました。翻訳されているものもありますが、やはりその国の言葉で書かれたものは、その国なりの微妙な言い回しや意味合いがありますので。

「――ねえ、エリィ」

殿下は少し息をつくと、甘い微笑のまま、おだやかに諭すようにわたしに話されました。

「人の上に立つからには完璧《かんぺき》さは求められるけれど、人であるからには得手不得手がある。幸い、きみや私の周りにはそれを補ってくれる人たちがいる。――なにより、私はこの先もずっと、きみに私のそばにいてほしい。エリィは、それを望まない……?」

わたしの胸がいままでになく強く高鳴りました。

殿下の青い澄み渡った青空のような双眸にのまれて、すい込まれて、今朝《けさ》まで抱えていた苦しみが溶けて消えていくようです。

おそばにいたいと、でももう、そばにいられないのだと、そう思った時、苦しくて悲しくて仕方がありませんでした。

「おそばに……いても、よろしいのですか」

クリストファー殿下のお顔がそれはうれしそうにほころびました。

「エリィ。エリアーナ。後にも先にも、私がそばに望むのは、きみだけだよ」

わたしも高鳴る鼓動に浮かされて、表情がしぜんと笑顔をつくるのを感じました。

「書物だけではわからない世界があることを、はじめて知りました」

フフ、と笑んだ殿下の手がわたしの頰にふれ、青い双眸がやさしく甘くにじんでその境目をなくしてきます。

わたしの唇にふれる前に、愛情のこもったつぶやきがささやかれました。

「――私の愛《いと》しい虫かぶり姫」と。

男たちの舞台裏

その少女をはじめて見た時、意表を突かれたことはたしかでした。

銀に近い白金色の髪。フワフワと空気に溶けるように軽やかに少女をはなやかに彩り、しかして日に透けるような神秘さが少女の可憐《かれん》な顔立ちをも引き立たせていました。

けぶるような睫《まつげ》におおわれた青灰色の眸《ひとみ》。小作りな鼻梁《びりょう》、口唇《こうしん》。白い肌に華奢《きゃしゃ》な肢体。——お人形のような美少女。

それが私、アレクセイ・シュトラッサーの第一印象でした。

正直、意外でした。この深窓のご令嬢のような娘が、ほんとうにあの『サウズリンドの頭脳』と呼ばれるベルンシュタイン家の人間なのかと。

彼女の社交界デビューの時のことは、あいにくとほとんど記憶にありません。ただやたらと、従兄《いとこ》弟《こ》であり、幼馴染《おさななじみ》であり、この国の王太子殿下であるクリストファーが落ち着きをなくしていたのは覚えています。

彼が昔からこの少女に固執していたのは知っていましたが。

彼女の社交界デビューから約一月後には婚約者の肩書を与えていたのには、驚くよりもあきれ——いえ、その手腕に脱帽したものです。政務にもそのくらいの熱意で望んでいただきたいものですが。

彼女が王宮に上がるようになって間もない頃《ころ》、家に帰ると妹のテレーゼがいやに興奮した様でかけ寄って来ました。

「——お兄さま！」

大声を出さなくても聞こえています。それよりも年頃の公爵家令嬢が家族相手とはいえ、そんなに感情をあらわにしてみっともない。

「ああ、もう！　またそんな怖いお顔をして。それだからお兄さまの片頭痛は治らないのよ」

頭痛の種を増やしているのはだれですか。

「それより、ねえ！　今日《きょう》王妃さま主催のお茶会だったでしょう。私、婚約式以来はじめてエリアーナさまにお逢いしたのだけれど……」

言われてみればそんなものもありましたねと、私も思い出しました。

妹のテレーゼは今年十五になったばかり。私と同じ黒髪に父ゆずりの明るい鳶色《とびいろ》の眸をした、身内の欲目を差し引いても凛《りん》とした美しさを備えた娘です。

クリストファー殿下と歳《とし》が近しいことと家柄的に、エリアーナ嬢が現れるまで妹が殿下の婚約者候補筆頭でした。ただ、母が現国王陛下の姉にあたることから、血が近すぎるとして敬遠されてもいました。

のらりくらりと婚約相手を決めなかった殿下の思惑がここにきて明らかになり、宮廷内はなにかと騒がしくていけません。それはおそらく、妹たち、殿下の婚約者候補とみなされていたご令嬢方も同じことでしょう。

今日のお茶会にはその、元婚約者候補たちが招かれていたのではないかと思い至ると、妹はなぜか顔を真《ま》っ赤《か》にしてふるえています。

私がいぶかしんだ時、こらえきれないように笑いだしました。

……テレーゼ。明日《あす》は作法の教師に倍の時間を費やしてもらいましょう。

「お兄さま……！　その陰険な目つきやめて。魔王の腹黒参謀みたいだから！」

失敬な。

笑いをどうにかおさめた妹から聞くところによると——。

お茶会で、エリアーナ嬢を囲むテーブルは見事に殿下の婚約者候補としてあげられていた令嬢方で占められていたのだとか。

そのご令嬢方は茶会がはじまるや否《いな》や（——妹には鐘《ゴング》の音が聞こえたそうです）エリアーナ嬢への一斉攻撃に移ったのだと。

曰《いわ》く。——侯爵家とはいえ、末席の身分に過ぎない者が厚かましいにもほどがある。身の程知らずな鄙《ひな》の者。そのおとなしそうな外見で、いままでどれほどの男性をたぶらかしてきたのかしら。まるで毒虫のよう。王宮にはびこる毒蛾《どくが》のよう。いまはまだ幼虫のようですけれどね——。

ホホホ、と合わせたように令嬢方が笑い合って、エリアーナ嬢は口を開かれたのだとか。

『幼虫の時期は過ぎておりますね』

は？　と一人の令嬢が聞き違いかと目をしばたたいて、エリアーナ嬢は淡々と説明し出したそうです。

『いまはすでに新緑の時期に入っていますので、毒蛾は幼虫から蛹《さなぎ》になっているはずです。あと半月ほどもすれば成虫となって外灯などの灯《あか》りに集まるようになります。気を付けなければならないのは、これから産卵期に入ると卵にも毒を添付し、外敵から身を守る種類です』

はあ……？　と隣のご令嬢は扇を口元にかざすのも忘れた様子だったとか。

『成虫が卵に毒針の毛を付着させるため、種類によってはふれるのも危険なものもあります。毒蛾は主に、バラ科の植物に卵を産み付けますね』

そう言って、正面の一番高慢にエリアーナ嬢を嘲《あざけ》っていた令嬢の髪の毛に目をやったのは、はたして故意なのか偶然なのか。

ひっ、と令嬢はあわてたようにきれいに整えた髪型から薔薇《ばら》の花をはらい落としたそうです。自身が身に付けた薔薇に虫の卵が付いている想像をしたのか、蒼白《そうはく》になって。

エリアーナ嬢は気にされた様子もなく、言葉を続けていたとか。

『毒蛾の幼虫はそのため、孵化《ふか》後まもなく毒針毛が付着し、そのまま集団で越冬します。体毛があるその種類を一般的に毛虫と呼びますね。毒のあるものとないものがいますが。――ちなみに、その反対が芋虫《いもむし》です』

それからエリアーナ嬢は毛虫と芋虫の生態について仔細《しさい》に話し出し、しまいには南の島のとある部族は樹木の中に住む幼虫を食す習慣がある話をしたところで、『もうやめて！』と令嬢方から悲鳴が上がったそうです。

テーブルに会したご令嬢方の様子は惨憺《さんたん》たるものだったとか。

とある令嬢はこの日のために整えた髪型を見る影もなく乱して憔悴《しょうすい》し、テーブルの半数のご令嬢は吐き気をこらえて顔を青ざめさせ、残りの方々は涙をこぼして、お願いだからもうやめて、と泣きじゃくっていたとか。

「…………」

さすがに私も言葉をなくしました。そして、その出来事に対して「傑作よ、お兄さま！」と嬉々《きき》としている妹もどうなのかと。

「お茶会が終わった後、私エリアーナさまとお話ししてみたの」

お見事でしたね、とテレーゼとしては心からの賛辞だったそうです。元候補者たちを正面から撃破し、なおかつ、あの面子《メンツ》を一つのテーブルに集めた王妃さまの思惑にも打ち勝ってみせたのだから。

エリアーナ嬢はなんのことかわからないように首をかしげていたので、テレーゼも遠回しに先の一件に水を向けてみると――。

『皆さま、虫に興味がおありのようでしたので』

わたしの知っていることをお話しさせていただいたのです、と生真面目《きまじめ》に返すエリアーナ嬢は本心からそう思っているようで、ことさら妹の興味を引いてしまったようです。

「あの方、悪意をそうと感じ取っていないのよ。かと言って、喜怒哀楽を知らないわけでもないみたいだわ。面白いわ、お兄さま。エリアーナさまに私を紹介してくださいな」

目を輝かせて身を乗り出す妹に、私は頭の痛くなる思いでした。

エリアーナ嬢の性質は私にもまだ未知なところですが、そんな騒ぎを起こしても平然としているご令嬢と、あからさまに喜ぶ妹を会わせるなど愚の骨頂です。なにが起こるかなど、想像したくもありません。

私がけんもほろろに冷たくあしらうと、妹は不満げにしながらもぶつぶつとなにやらつぶやいていました。

「いいわよ。エリアーナさまはストーレフ家の三姉妹と仲がいいと聞いたわ。そっちから……」

テレーゼをしばらく家庭教師詰めで家に閉じ込めたほうがよいと、父と母に進言しておきましょう。

～・～・～・～・～

またある時。

グレンが何気なく、英雄王の竜退治の話題をエリアーナ嬢にふってみると。

「――ああ。盗賊物語ですね」

「と、盗賊……？」

サウズリンドの男性ならだれしもが少年時代、夢中になって読む冒険活劇です。グレンは一瞬、聞き違いかと間の抜けた顔になり、エリアーナ嬢はその前であっさりうなずきました。

「その昔、平和に静かに暮らしていた竜のもとに人間たちが押し寄せ、この土地は豊かだから自分たちのものにする、竜は出ていけ、と言ったところ、怒った竜に火を噴かれ、そこに勇者と名乗る盗賊がやってきて、なにも悪くなかった竜をいじめて追いだし、さらには竜が大事に守ってきたお宝までをも奪って、『おまえのものはオレのもの。オレのものはオレのもの』とうそぶいたという、盗賊物語のことでしょう？」

憐《あわ》れ、グレンの中の少年心がポッキリ折れた音が私にも聞こえました。……殿下。ひっしに顔をそむけていらっしゃいますが、腹を押さえた手と肩がふるえていますよ。

妹の話からも察せられましたが、とかく規格外なご令嬢であることは確かなようです。

殿下曰《いわ》く。エリアーナ嬢が王宮付きの女官たちにも非の打ちどころがない礼儀作法を身に付けたのは、ひとえにそのために時間を割かれて読書を邪魔されたくなかったからだと。

その価値観はどうなのかと思いましたが、活字という活字を片っ端から読みあさってしまうようなところがあるのは驚かされました。ベルンシュタインの血のなせる業でしょうか。

ためしに書類整理を手伝わせてみせると、なまじな補佐役よりも使えます。この案件にはなんの資料が必要なのかがパッと出てき、さらに添えられた資料は別視点があって参考になります。陳述書をまとめるのも要点を押さえていて的確です。令嬢らしからぬ腕力も使えます。

殿下の婚約者でなければ下に置いて使いたいものですが……殿下が激しく睨《にら》まれていますので無理ですね。

しかし殿下。ほんとうに彼女でいいのですかと、疑問を覚えることもしばしばです。

彼女はお人形のように表情に乏しいですが、読書をしている時だけは、生き生きとした顔になります。

ですが、殿下がほほ笑ましげにながめている令嬢が頬《ほお》を紅潮させて読んでいる本の題名は、『密林《ジャングル》に棲《す》む野生動物たちの生態』ですよ。

年頃のご令嬢が頬を紅潮させ、眸を輝かせる要素がどこにあるのでしょう。

私はここ最近増えた頭痛の種にため息をつき、また、王宮書庫室の職員が困惑げに顔を寄せ合っていたつぶやきを思い出しました。

『なんか最近、変わった蔵書が増えたな』――というものです。

その原因の一端を担ってしまった事実に、私はさらにこめかみを押さえました。

少し前に、私はエリアーナ嬢の兄であり、友人でもあるアルフレッドから内密に相談されたのです。妹がとんでもないことを言い出した、と。

『――お兄さま。王家からお借りした装飾品は、いつお返ししたらよいのでしょう』と。

聞いた時には、私も愕然《がくぜん》としました。

つまり、彼女は婚約者として上がってから贈られたものが殿下からの贈り物だとは思わずに、王太子婚約者として貸与されたものだと思い込んでいる、というのです。

まさかでしょう、と視線にこめてみれば、柔和な顔立ちをしたアルフレッドは困ったような顔で首をふりました。事実なのだと。

私は瞬間、頭痛よりも気が遠くなる思いでした。彼女の鈍さも大変問題だと思いますが、殿下の名で贈っているはずなのに意識もされていないとは、サウズリンドの麗しの王子はどれだけ本命の前でその評判を活《い》かしきれていないのかと、私はこめかみではなく目頭を押さえたくなりました。

「あー……その、うちの妹は変に素直すぎると言うか……まあ、生真面目なんだよ」

その生真面目さで、殿下の執務室を魔王部屋にしかねない事態を招くわけですか。

私は恨みがましく友人を見やりました。殿下がその事実を知ったら——実際に贈り物を返却されてしまったら、落ち込みもするでしょうが、まず間違いなく、例を見ないほど荒れるでしょう。

その第一の被害者がグレンなのは言うまでもありませんが、それはよしとしても、私にまで累《るい》が及ぶではないですか。

「あー、だからその前に手を打とうと」

私の視線から逃れるようにアルフレッドは苦笑いです。私は忌々しく彼を見やりました。

アルフレッドも内心は父親のベルンシュタイン侯爵と同じく、大切な妹が王太子妃などという位に就くことにいい顔をしていないのは知っています。以前に一度、殿下の行為をどう思っているのか聞いてみたところ。

『うーん。殿下の頑張りは同じ男として応援したい気もするけど、相手がエリィだから、かなり難しいと思うよ。時間もかかると思うね。めげずにふり向かせられたら、私も喜んで応援するよ』

と、にこやかに喰《く》えない一面をのぞかせました。あの時の、かなり難しい、という意味をまざまざと思い知らされた気分です。

まさか、こちらにまでとばっちりが来ようとは。

ともかくも、アルフレッドと相談し、エリアーナ嬢には贈り物を返却せず、繰り返し身に付けてもらうこと、あわせて殿下には贈り物攻勢を控えめにするよう制止をかけることになりました。

私は殿下の機嫌がよさそうな日を見計らって、コホンと咳払《せきばら》いをひとつ。

新たに手配を進めていた装飾品に、さりげなく待ったをかけました。すると、殿下はご自身でも気付かれていたのか、憮然《ぶぜん》とした顔でめずらしく我を張りました。

「エリィがドレスや宝石を喜ばない性質なのはわかっている。けれど、あれらは私の個人資産からの贈り物だ。私は、好きな女性に装飾品のひとつも贈れない無粋な男とは思われたくない」

若くして王者たる資質を備えた英邁《えいまい》な王子、ともてはやされていても、そこはまだ成人前の若輩者。ご自身の望みを優先してしまう時もあるのでしょう。

私はため息をついて、らしくない助言をするはめになりました。

「贈り物というのは、相手に喜んでもらうからこそ、贈る価値があるのではないですか」

ムッとしたように殿下は眉根《まゆね》を寄せて黙り込んでしまわれました。

それから、装飾品などの贈り物攻勢は影をひそめたようですが、代わりに王宮書庫室にはなにやら首をかしげてしまう蔵書が増えたと、こういうわけです。

興味を惹《ひ》く書物があれば、エリアーナ嬢は足繁く王宮へ通いますからね。

サウズリンドの王宮書庫室の権威は大丈夫かと、新たに頭痛の種を抱える出来事でした。


～・～・～・～・～


しかし、そんな装飾品がきっかけになった出来事もあります。

あれは、エリアーナ嬢が殿下の婚約者としておそばに上がって一年ほども経《た》った頃でしょうか。

恒例の王家主催の舞踏会で着飾ったエリアーナ嬢は、この一年ほどで地方貴族の野暮ったさが抜け、王宮の女官たちに囲まれ続けて、磨き抜かれた王太子殿下の婚約者として洗練された物腰が身に付くようになっていました。

あの日のエリアーナ嬢は淡い色のドレスに、繊細で人目を惹くレースの縁飾りも可憐《かれん》な、年頃の令嬢らしい装いだったと記憶しています。

――余談ではありますが、それまでは濃い色のドレスに縁からのぞく白いレース、というものが主流だったのですが、エリアーナ嬢が自身の髪の色に合った淡い色彩のドレスを身にまとい、濃いレースを縁からのぞかせる、という逆流をついたとたん、若い令嬢たちの間ではそちらが流行になりました。保守的な年配者には、はしたないと眉《まゆ》をひそめられているようですが、貴婦人たちにも好まれ出していいます。なんでも、その方が肌の白さが際立つのだとか。

しかし、私がテレーゼから聞いた話は、

『エリアーナさまのお召し物は大抵その組み合わせなのよね。なんでも、書物を読んでいる間に袖口《そでぐち》が汚れてしまうからなんですって』

というものでした。

ちなみに、似たような理由でゴテゴテしたデザインのものより無駄な装飾をはぶいたものを彼女が好んだために、グレンなどは「最近はご夫人のドレスが脱がせやすくてたすかる」などとほざいていました。

あいつは殿下の八つ当たり対象以外に、そのうち背後にも気を付けた方がいいでしょう。

それはさておき。

その日のエリアーナ嬢はたしかに、咲きほころぶ前の蕾《つぼみ》を思わせる、初々《ういうい》しくも秘めた香りで居合わせた者の視線を一身に集めていました。

それに一役買っていたのは、彼女の胸元を飾る、星のきらめきを宿した見事な青鋼玉《サファイア》です。夜会のきらびやかな光の渦に埋もれることなく、燦然《さんぜん》と輝きを放っていました。

贈り主であり、同色の眸の持ち主である殿下は見るからに上機嫌で、ダンスの際必要以上にターンの回数を増やしていた気がします。その度に星のきらめきがふりまかれ、エリアーナ嬢の初々しさが一際立っていました。

そのエリアーナ嬢もめずらしく表情やわらかく、青灰色の眸を輝かせて殿下との会話を楽しまれているようです。

傍目《はため》に見るかぎり、文句なしに仲睦《なかむつ》まじくお似合いの二人でした。

しかし、私は知っています。

彼女は昨日《きのう》、読みたかった本にめぐり合ったばかりで、その興奮が引き続いているだけなのだと。

殿下との会話ももっぱらその話題だろうと。

内心の頭痛が表に出ないようこらえていた私は、ふと、エリアーナ嬢に目を奪われている一人の男に気が付きました。

南西の海洋国家、ミゼラル公国の新しい大使です。前任の大使はお年を召した温厚な方でしたが、新しくやってきた方はテオドール叔父上と同年配の、人当たりよく様子のよい、野心が見え隠れする男でした。

私は嫌な予感を覚えました。

新任の大使はたしか先日、王妃さまとの対談で同席していたエリアーナ嬢とも顔を合わしていたはずです。私や殿下は居合わせなかったので詳細は不明ですが、その時からエリアーナさまに関心を寄せているようだ、とアランから報告が上がっていました。

……頼みますから、眠れる魔王さまを起こすような真似《まね》だけは慎んでもらいたい、と切実に祈る気持ちでした。

私の祈りは微塵《みじん》も神々へ届いていなかったようです。日頃の不信心が祟《たた》ったのでしょうか。

「——エリアーナ嬢。これは南大陸から渡った黒砂糖で作られた菓子です。我が国でいま、若い女性たちにとても人気があるのですよ」

差し出された精緻《せいち》な細工の菓子に、エリアーナ嬢はは あ、と困惑がちに目をしばたたいていました。

場所は王宮書庫室の休憩所です。アランからの報告によると、大使殿はこれまでの賓客の例にもれず、精力的に夜会や茶会を回っていたようですが、目当ての姿がないことに焦《じ》れていたのだとか。

——エリアーナ嬢は殿下との取り決めで、必要以上社交界へ出席しませんからね。

すると大使殿は狙《ねら》いを変えて王宮書庫室へ姿を見せるようになりました。目的はもちろん、エリアーナ嬢です。

頭が痛くなる私の視界の先で、テオドール叔父上が他人事《ひとごと》のような風情で書物の一覧表をめくっていました。

資料を取りに来ただけの私に、「面白いものが見られるぞ」と引っ張り込んだのは叔父上でしょうに。私に後始末をつけさせるための、これは確信犯ですね。

「どうぞ召し上がってください、エリアーナ嬢。ぜひともあなたの率直な意見をお聞かせいただきたい」

私は内心、小さくない息をつきました。この大使殿はどうやら先日来、エリアーナ嬢の博識に目を付けられたようです。王妃さまとの対談時に、自国の抱える問題について有益な助言をもらったのだとか。

目の付けどころは悪くはありませんが、女性の気を惹く手管はやはり一般常識にとらわれたものですね。

私が口を開くより早く、いつ入室したのか、横を通り過ぎた人物が卓の上の菓子をひとつ摘《つま》み上げました。

「――黒真珠の涙。これは美味《おい》しそうだ。エフィンガム卿。私もひとついただいてもよろしいでしょうか」

まばゆい金の髪に麗しい微笑を刷《は》いた、クリストファー殿下でした。突然の王太子の登場に大使殿は驚いたようですが、余裕をもってひとつと言わず、と勧められました。

鷹揚《おうよう》にうなずいた殿下は「エリアーナ」と呼びかけて注意を引くと、小さな菓子を半分かじり、残りを流れるようなしぜんな動作で彼女の唇に押し当てました。

「…………!?」

エリアーナ嬢が目をみはって唇がゆるんだそこに、菓子が押し込まれます。

なにがなにやら、と目を白黒させている彼女を見つめて、殿下はいたずらっぽく彼女にふれた指先を舐《な》めていました。

行儀や礼儀作法、といった固定概念はそこに存在しません。見ていた者が砂を吐きそうなだけです。牽制《けんせい》の意図があるのだとしても、そういうことは二人だけの時にやっていただけませんかね、殿下。ビックリしたように目をみはっていたエリアーナ嬢ですが、口内に押し込まれたものを咀嚼《そしゃく》するうち、あからさまな感情の露呈を見せました。

「……エ、エリアーナ嬢？」

大使殿の声も困惑があらわです。彼女の表情はどう見ても、殿下の行為ではなく、菓子に対する感想が如実でしたから。

黒真珠の涙、と呼ばれた菓子に問題があるわけではないのですよ。それは我が国でもご令嬢たちに好まれだした異国の限定品ですからね。

口にした人物に問題があっただけです。

「大丈夫？　エリアーナ」

確信犯の殿下は侍女に命じてお茶を入れ替えさせています。彼女が急いでお茶で口内を流すさまに、大使殿の様子は衝撃を受けた時の擬音語が飛び交っているようでした。

気持ちはわかります。女性の機嫌を取る、ドレス・宝石・甘い菓子、という三大原則が覆されたわけですからね。私もはじめて目にした時は衝撃を受けました。

……テオドール叔父上。小さく笑いをかみ殺しておられますが、大使殿の姿は一年ほど前の叔父上の姿だったように記憶していますが。

「申し訳ありません……。甘い物は苦手で」

謝罪するエリアーナ嬢は砂糖菓子のような外見とは裏腹に、甘い物を受け付けない体質です。ちゃっかり椅子《いす》を引いて隣に腰掛けたお方の、麗しい外見と裏腹の魔王素質と、どちらがどれだけ罪深いでしょうかね。

と言いますか、殿下。執務室に決裁書類が山積みになっていたはずですが、なに油を売っているのですか。

かわいた笑いで場を取り繕い、あれこれとエリアーナ嬢の気を惹こうとしている大使殿を睨みつけている暇があったら、政務に戻っていただけませんかね。

「――このお菓子は、黒真珠の涙と言うのですか？」

興味を惹かれた口ぶりのエリアーナ嬢に、叔父上もおや、といった顔を見せられました。大使殿の顔色も復活します。

「ええ。我が国の菓子職人が研究を重ねて丹精したものです。元は、昨年発見された黒真珠の名を広めるためでもあったのですが、最近では菓子の方が有名になりつつありますね」

気を取り直した大使殿は饒舌《じょうぜつ》になってきました。よろしければ、とそれなりに整った顔立ちに誘いかけるような微笑を乗せます。

「エリアーナ嬢のためにおひとつ取り寄せましょう。あなたには真珠のやわらかな色の方がお似合いでしょうが、黒真珠の高貴さもきっと、御身に映えますよ」

青鋼玉よりも、と挑戦的な言葉が聞こえた気がしました。私は内心ひやりとします。国内でエリアーナ嬢に言い寄る男は皆無です。王太子殿下の婚約者、という肩書がものを言っているのもありますが、クリストファー殿下がにこやかな微笑と冷たい視線で近寄る男を牽制しているからです。

それに対抗する大使殿は根性があると称賛すべきでしょうが、殿下の微笑がおそろしく深まっていくのでやめていただけませんかね。

「エリアーナ。私はきみには黒真珠よりも、人魚石と呼ばれる海の宝石のほうが似合うと思うな。眸の色にも合っているし……将来を見据えたら、なおのこと、ね。新しく仕立てようか」

殿下が意味深に言う人魚石は藍玉《アクアマリン》のことでしょう。『幸せな結婚』を意味する宝石として、若い女性に好まれていると聞いたことがあります。

拮抗《きっこう》する視線が横で交わされているにもかかわらず、エリアーナ嬢は平素に返されました。

「いえ、結構です」と。

殿下の肩が一瞬落ちましたね。エリアーナ嬢の関心は卓上の菓子に向かっているようです。

「以前に読んだ、『カーリィ神話』という本に黒真珠が出てきました。南大陸の部族の人々が崇《あが》めている、神々の説話を集めた本なのですが……マワタイ族という海辺の民が信仰している女神カヒナの化身が、黒真珠の涙と呼ばれる宝石なのだとありました」

「ああ。ではその神話を知っていた菓子職人が、そこから名前を付けたのかも知れませんね」

大使殿は気安く応じていますが、殿下や叔父上は少し考え込む顔を見せられています。私もよい情報を得たと計算しはじめました。

近年、南方の海上貿易で問題になっているのが、海の上を荒しまわる海賊たちです。手を焼いている現状は海洋国家であるミゼラル公国も一緒のはずですが、ミゼラルは独自の手管で海賊からの被害を最小限に抑えていました。

しかし、ミゼラルで採れ出した稀少石《きしょうせき》である黒真珠を使い、南大陸の部族に渡りを付ければ海賊被害を減らす糸口になるかも知れません。海辺の民である部族ならば、少なからず被害を受けているはずですし、両大陸で協力し合えば、海賊対策に有効な道を探れる可能性があります。

「――エフィンガム卿。貴国の貿易にも関わる話を思い付きました。ぜひとも別室で話を進めましょう」

殿下はこの思い付きにかこつけて、大使殿を送り返す腹積もりなのが透けて見えます。

いや、私は、とエリアーナ嬢にこだわっている大使殿は目端がきく人物かと思っていましたが、今の話から自国の海上貿易に思い至らないとは、買い被《かぶ》っていましたかね。

「黒真珠をぜひともエリアーナ嬢に……」

一人わかっていなさそうなエリアーナ嬢は先と同じように返されました。ありがたいお申し出ですが、わたしには過ぎたものです、と。

「わたしには……………青鋼玉がありますので」

殿下の機嫌が一気に跳ね上がったのがわかりました。

しかし、なぜでしょうね。私の耳には『お借りした』という形容詞がついて聞こえた気がしたのは。

殿下の機嫌のためにも、気のせいであることを祈りたい気分です。


〜・〜・〜・〜・〜


ミゼラル公国の大使は殿下によって南大陸との交渉役を帯びた使節団の一行として追い払われ、サウズリンドには新しく年配の穏和な大使殿がやって来ました。

その後も度々、エリアーナ嬢の『サウズリンドの頭脳』という名の片鱗《へんりん》を見せられ、なるほど、と感心させられることもありました。

殿下や私が使っている筆という種類も、殿下が剣の稽古《けいこ》中に誤って手首を負傷し、苦心して書類書きしていたのを見たエリアーナ嬢が殿下に差し上げたのがはじまりです。

はじめは慣れない風に練習していましたが、呑《の》み込みの早い殿下のこと、あっという間にものにして愛用し出しました。それを見た侍従から広まっていったように思います。

先のマルドゥラ国の案件も片付き、お茶の合間に今年の浮いた軍備予算について殿下と話していた時です。私はふと、エリアーナ嬢にも同様の問いかけをしてみたくなりました。

ところが、この令嬢は一度読書に集中しだすと、他《ほか》のなににも関知しない、意識の外へ追いだすという特技をお持ちです。いつだったかはその真横でグレンが茶器を割る粗相をしたにもかかわらず、ピクリとも身動《みじろ》ぎしませんでした。その集中力には感嘆を覚えます。

間が悪かったかと私は話題を変えかけましたが、殿下が声をかけました。

「――エリアーナ」

白金色の睫が静かに瞬《まばた》き、青灰色の眸がゆっくり上げられました。

なにかに呼ばれたのがわかるように、それでもまだわからないように瞬いています。殿下がやさしく笑んで注意を引きました。

「今年の軍備予算が浮いたんだ。エリアーナなら、何に使う？」

突然投げられた質問と、書物の世界からまだ抜けだしきれないように瞬きを繰り返しています。

これでなぜ、いまだに相思相愛の仲になっていないのか、殿下付きの侍女女官たちの七不思議に数えられるのもわかります。……殿下は若干、わかっていて楽しんでいる風情が見られますが。その余裕が首を絞める事態にならなければよいのですが……。

私の口からは思わず吐息交じりのあきらめ声が出ました。

「学問所を増やすべき、とかそういう提案ですかね」

すると、エリアーナ嬢は読んでいた書物を閉じてかるく首をかしげました。

「国民の識字率を上げるのは、大切なことだとは思いますが……」

ベルンシュタインの人間ならなによりそこにこだわるだろうと思った私も疑問を覚えます。続きをうながすと、考え考え口にしました。

「たとえば、地方の貧困に喘《あえ》ぐ村では、字が読めても、書物があっても、一ドーラにもならないのが現状です。そういう村ではまず、その日食べる物がなにより大事であり、字が読めてもなんの腹の足しにもならないのです」

「…………」

サウズリンドは、アルス大陸の中でも比較的安定した豊かな国ですが、それでも貧富の差は当然のように存在します。王都から離れて地方に行けば行くほど、顕著に。

それを、まるで見てきたように話す彼女に私も意表を突かれました。殿下も同様のようです。彼女は少し、首をすくめるようにしました。

ダン・エドルド著の旅行記にありました、と。

私は少し苦いものを覚えました。ダン・エドルド氏はワイマール地方の一件時に私も興味を覚え、その著書を実際手に取ってみて、旅行記というより報告書のような文体に大衆受けしない理由を納得させられました。しかし、その能力は得難いものです。そのため、諜報部《ちょうほうぶ》へ勧誘したところ、あっさり断られました。

自分は気ままに旅行記を書く方が性に合っているから、と。

それで少し彼のことを調べてみたところ、売れない旅行記を出版しているのはだれか。彼に資金提供をして、旅行には向かない僻地《へきち》へも赴かせているのはだれか。

つまり彼は、王宮の諜報部に勤めるよりも、その能力をいち早く見出して重用しているベルンシュタイン家への恩義を取ったわけです。

そういった者が他にもどれだけいるのかと、頭の痛くなる思いをしたのを思い出し、それで、と返しました。

「余った予算はそういった村の支援に回すべきだと？」

エリアーナ嬢は難しげに眉根を寄せました。

「それも大事なことだとは思いますが……。まずは、領主の判断に任せるべきです。国の予算を使うのなら、わたしはクルグ地方の医療技術更新へ充てるべきだと思います」

「クルグ地方？」

殿下が虚を突かれたように口にしました。

クルグは北方連山の麓《ふもと》に位置する、これといって目立った特徴のない、可もなく不可もない、話題に上るのも稀《まれ》な地方でした。

エリアーナ嬢は神妙にうなずきます。

「五年前に出たマクス・ワイズ著の『冬の谷』という風土記によりますと、あの地方では昔から土着の信仰や概念が根強くあり、男尊女卑の風合いが色濃いとありました」

傾聴する姿勢の私たちに少々たじろいだようですが、そのまま続けました。それで少し調べてみたのです、と。

「クルグ地方は他の地域に比べて、圧倒的に出産率が低いのです。これはおそらく、土着の信仰や概念が影響しているのではないかと思われる節があります。そのすべてが、悪しきものと言うわけではありません。

――出産は女性にとって、命をかけた大事業と聞き及びます。だからこそ、命を育み、産む行為が死に直結するものであってはならないと思います。……根強く染みついた概念を溶かすのは一朝一夕にはいかないと思いますが、それでも、なにもしないで手をこまねいているよりは、サウズリンドの民に国の意志を示すべきだと思います」

土着の信仰があろうと、サウズリンドに住む以上自国の民であり、生命の危機があるのなら救いの手は差し伸べられなければならない。

それがこれから生まれるサウズリンドの未来の子どもなら、なおのこと。

私は内心、感心しました。彼女の稀有《けう》なところはこういう面です。

理想や正論を語りながら、しっかり現実も見つめている。その感覚はどうやって身に付けたのかと。

「お嬢さんは前からそういうことを考えてたのか？」

同様に感心した口ぶりでグレンがたずねました。エリアーナ嬢はかるく首をかしげます。

「前から……と言いますか、ワイマール地方の地域回覧版を見てから思ってはいました」

「と言うと？」

殿下にうながされて少し表情をゆるませます。

「あの地域回覧版から感じられたのは、女性がとても元気だということです。短評欄もそうでした。一家の主婦が元気にその家を切り盛りしていますと、子どもたちも健やかです。ご主人はその家族のために精を出します。そうやって活気が生まれ、地域全体がにぎわっていきます。サミ魚料理の趣向を考えているのも女性たちでした。その女性たちでも妊娠時は動けなくなったり、出産後も体調を崩す人がいます。女性を支援するのは地域の活性化――引いては、国の繁栄にも繋《つな》がるのではないかと思いました」

『サウズリンドの頭脳』――その言葉をあらためて思い知らされた気がしました。女性ならでは、という発想もあるのでしょうが。

殿下も考え深げに熟考されています。意見ありがとう、と言うと、話は終わりと悟ったように読書にもどりました。

私はこれからやることが増えた予想で少し息をつきました。

グレンは感心したようにエリアーナ嬢を見ていますし、私も敬服を覚えたことは否定しません。

――しかし。

ひとつだけよろしいでしょうか。いまの話題よりも熱心に彼女が目を落としているのは、『食べられる野草の見分け方。これであなたも今日から自給自足生活！』という本です。

侯爵令嬢、王太子殿下の婚約者である彼女がなぜ野草……いや、自給自足生活……いやそもそも、そんな本を入荷させたのは……と、ツッコミどころ満載の光景に、私は今日も頭の痛い思いをするのでした。

王子と彼女の宝物

1、ロマの市場

——そして二人は、いつまでも幸せに暮らしました——。

やわらかな女の人の声と本が閉じられる音がします。

輝くような眸《ひとみ》で女の人の手元をのぞいていた小さな子どもが、そのままの眸を上げました。

『お母さま。いつまでも、っていうのは、ずっと、っていうこと？　もうお姫さまにも王子さまにも、悲しいことは起こらなかったの？』

女の人はやさしい微笑で子どもの頬《ほお》をあたたかく包み込みます。

『そうね。悲しいことも、つらいこともあったかも知れないわ。でも二人は、ずっと幸せに暮らしたのよ』

『どうやって？』

『二人で一緒にいれば、悲しいこともつらいことも乗り越えられるのよ』

子どもはわからないというように、小さな口をとがらせました。

『でも、王子さまはお姫さまをたすけに来なかった。お姫さまも逃げだそうとしなかった。たすけてくれたのは、魔法使いとか、動物たちだよ』

そうね、と女の人はあたたかく笑います。小さな子どもの利かん気をあやすように。

微笑を深めて、子どもに問いかけました。

『それなら、あなたがお姫さまの王子さまだったら、必ずたすけに行くのかしら。囚《とら》われのお姫さまだったら、そこから逃げ出そうとするのかしら』

子どもは勇んで返しました。

それを聞いて、女の人の笑みはますます深くなります。

『それじゃ、ひとつ秘密の呪文《じゅもん》を教えてあげるわ』

『秘密の呪文?』

子どもの眸がさらに輝きます。女の人は内緒話をするように口元に指を立てました。

『あなたのお父さまから聞いた、とっておきの呪文。これを言えば、王子さまもお姫さまも、ずっと幸せでいられるのよ』

教えてお母さま、とねだる子どもに女の人はやさしく言い聞かせます。

『でもね、この呪文は特別な相手にしか効かないの。だから、その相手に出逢《であ》うまで、決して使ってはいけないのよ』

『はい、お母さま』

無邪気に返す子どもに、女の人は透きとおった微笑で秘密の呪文を教えました。それは、小さな子どもの心にも残る、特別な言葉と清冽《せいれつ》なほほ笑みでした。

子どもは知りませんでした。

それがやさしい母親との最後の会話であることを。最後の、かけがえのない一時であることを。

あたたかな微笑と眼差《まなざ》し、その手のぬくもりとやさしい時間だけを、子どもはいつまでも記憶にとどめていました。


〜・〜・〜・〜・〜


蒼天《そうてん》の日差しの下、広がるのは色とりどりの天幕と、そこを行き交う見慣れぬ人々です。

飛び交う言葉には異国語が交じり、サウズリンドではめずらしい褐色の肌に露出もきわどい衣装をまとった男女の姿、かと思えば、すっぽりと頭巾《ずきん》付きの外套《がいとう》を被《かぶ》り目元だけをのぞかせる怪しげな風体の者、走り回る子どもたちはどこでも変わらず、その隙間《すきま》を縫うように流れるリズミカルな楽曲。

ただよう香りまでもが異国情緒にあふれています。

大陸公路にはめずらしくもない、ロマの人々でした。

けれど、今年はその一行に異なった一団が含まれています。東のセウルーカウン聖都市より、三年に一度の学究発表を終えられた研究者、付随する門徒たち、――シスルの星、と呼ばれる学識者の一団です。

大陸商人には交じらずロマの人々と旅をする彼らは、もとはロマ出身だという説があります。そのため、アルス大陸では差別と偏見の対象にされてきたロマの人々と同列に扱われ、長く畏怖《いふ》される存在だったそうですが、彼らの持つ知識と研究成果が学究の都として権威あるセウルーカウンで認められると、とたんにその存在価値は高まりました。

いまでは各国の学問所から招聘《しょうへい》を受けたり、貴族の家庭教師として招かれたり、はては王族からのお声がかかることもあるのだとか。

そんなシスルの星は三年に一度姿を見せ、新しく発表されたばかりの学術書を携えています。そして、彼らはそれを惜しげもなく露店に並べるのです。

新書である、という事実だけにとどまらず、彼らが持ち運ぶのは、いまではめったに手に入らない古王国時代の書物や、有名無名を問わず手に入れられた他国の本など、それは多岐にわたってめずらしいものが含まれているのです。

書物好きなベルンシュタイン家の人間にとって、これほど叫びだしそうな光景が他《ほか》にあるでしょうか。

わたしは思わず、淑女らしくなく、ワクワクと興奮に胸が高まるのを感じました。

そして高鳴る鼓動に押されるまま、異国の海への冒険へ飛びだしかけます。そこへ、にこやかにやさしい手がわたしを断固として押しとどめました。

「――エリィ」

抗《あらが》えない、きらきらしい微笑でもって。


それは、いつもと変わらない一日のはじまりでした。

朝方、父と兄を王宮へ見送り、邸内の細々とした事柄を執事と侍女頭と話し合い、わたしも身支度を整えて王宮からの迎えの馬車に乗り込みました。

おそれ多いことですが、殿下の婚約者に上がってから、わたしには王家の紋章入りの馬車が送迎を担ってくれているのです。

当初はおっかなびっくり対応していた家人たちも、四年経《た》てばすっかり慣れた光景になり、いまでは近衛《このえ》の方や御者の方とも世間話をするほど打ち解けています。

わたしはお付きの侍女とともに馬車に揺られて、先日来の物思いを抱えながら、いつもの王族専用の入り口に到着しました。常と異なった出来事はここからはじまりました。

待ち構えていた殿下付きの侍女たちによってわたしは別室へ連れ込まれ、突然着替えを強要されたのです。

「え？　あの、いったい……」

「殿下のご要望ですわ。エリアーナさま」

にっこり笑顔で押し切られ、疑問符が浮かぶまま、わたしは質素な身なりに着替えさせられました。華美を抑えて無駄な装飾と布地をはぶいた機能性はわたしも好むところですが、王宮にふさわしいものとは思えません。

これが殿下の要望……？　と首をかしげたところで、頃合いを見計らったようにクリストファー殿下が現れました。

「――支度は終わった？　エリィ」

ふりかえったわたしは、言葉を失いました。殿下までもが、わたしと似通った質素な衣服に身を包み、騎士然としていたのです。

わたしは王太子殿下としてのクリストファーさましか目にしたことがありませんでしたので、そんなまるで……失礼ながら、下級騎士のような格好をされると、いきなり知らない人が降ってわいたような、とまどうばかりでした。

殿下は正面からわたしの姿をながめると、生真面目《きまじめ》に批評しています。

「うーん。やっぱり、エリィの天然さが勝って、貴族令嬢が身分を隠してお忍びしてます、って感じがありありだね。まずいかな……」

どうしようかな、と真剣に悩まれている殿下にさらに疑問が深まるばかりです。そして殿下、ひとつよろしいですか。

わたしへの批評は、すべて殿下へ当てはまっているのですが。

騎士のような身なりをされても、にじみ出る高貴さや気品は隠しようがありません。まばゆい金髪も空の青を映し込んだ眸も、麗しいお顔立ちに優雅さがしぜんと備わったたたずまいも——すべてが、抜きんでておられます。

わたしはいつもと違う殿下に、胸が高鳴っていくのを感じました。

先日の一件以来、いつものようにおそばにいようとすると、どうにも落ち着かないのです。おそばにいたいのに逃げだしたくなるような、けれど、離れてしまうとさみしくて仕方がなくなるような……「虫かぶり姫」のわたしが、そんな、説明のつかない感情に見舞われるのです。

煩悶《はんもん》するわたしの心情を置いて、殿下はやはり同じような格好の、こちらは商家の護衛兵のようなくだけたお姿のグレンさまから制止をかけられていました。

「まずいと思うなら取り止めろ。な？　いまならまだ間に合う。アレクが青筋立てて怒りまくる姿が目に浮かぶんだよ」

「急を要する案件は片付けた。一日ぐらい私が政務を離れたところで揺らぐような政情じゃないだろう」

そこには殿下の自負も見えます。そんなもろい政務を行ってきた覚えはない、と。

そうは言ってもな、とグレンさまはなおも渋っておられます。

「なんか予算関連でもめてる話を昨日《きのう》アレクとしてたばかりだろ。例の事案のせいで、モーズリ男爵がしつこく面会求めてきてるとかなんとか」

「あんなくだらない陳述に一々付き合っていたら政務が滞るばかりだ。だいたい、予算申請を正当な理由で却下されて、それを私に言えばどうにかなるなどと、政治を馬鹿《ばか》にしているとしか思えん」

ふいに執務室で見せられる厳しい表情をのぞかせると、しかしな、と言いつのるグレンさまに冷ややかな笑顔を向けられました。

「着替えもしておいて往生際が悪いぞ、グレン。これ以上グダグダ言うのなら、アレクの説教をおまえ一人で受けさせるからな」

「地味にイヤな脅しかけんなよ……」

ここまでくれば、わたしにも状況が理解できました。どうやら殿下は、お忍びで出掛けようとされているみたいです。わたしを連れて。

「……殿下。あの……」

そのようなことをしてもよいのでしょうか。幸い、わたしにも公務の予定は入っていませんが、殿下の立場とは比ぶるべくもありません。

視線をわたしにもどした殿下は、ドキリとするようなやさしい笑みを浮かべました。

「――シスルの星」

ハッとわたしは息を呑《の》みます。その一団がいまの時期、サウズリンドに滞在しているのは知っていました。けれど。

「エリィ、一度でいいから彼らの書物を自分で見て選びたいって言っていただろう？　今日《きょう》を逃すと、また三年後まで待たなきゃいけない。だから、一緒に行こう？」

「……殿下、でも」

わたしはグレンさまのように反論しかけました。シスルの星に興味はあります。しかし、問題があるのです。

口にしかけたわたしの手が取られると、もう片手でやさしく顎《あご》を取られました。殿下の眼差しが誘いかけるように甘い空気をただよわせて、親指でわたしの唇をなぞります。

「今日は殿下呼びは禁止。せっかく変装しているんだからね。……というか、いい加減もう、公の場はのぞいて名前で呼んでほしいんだけど。エリィ」

わたしの頬は見る間に熟れた果実のように真《ま》っ赤《か》になりました。鏡を見なくても、熱を出した時のように頬が熱いのがわかるのです。殿下はさらに甘い眼差しでわたしの眸を捕らえます。

「今日の私は、ただのきみの騎士だ。――エリアーナ嬢。私があなたをお守りします。私と共に出掛けてはいただけませんか」

芝居がかった言葉はやさしく懇願している風なのに、置かれている状況が正反対なのはなぜでしょう。

ハクハクと声にならない息を紡いでいるわたしと、甘い微笑をたたえたままの殿下に、近くのグレンさまがため息でそっぽを向かれています。

見て見ぬフリではなく、救いの手がほしいのですが……。

どんどん距離を縮められる殿下に追い詰められていたわたしですが、……おそれながら、と消え入りそうな声がそこにかかりました。

「あの……無礼は承知で申し上げます」

息を呑むようにして発したのは、ベルンシュタイン家のわたし付きの侍女でした。二人いるのですが、古参の侍女は使いで出ており、本日付き添っていたのは王都の邸宅からわたし付きになった、年若いアニーという侍女でした。

「お嬢さまをシスルの星と呼ばれる一団へ近付けてはならないと、固く旦那《だんな》さまより言いつかっております。併せて、ロマの人々へも近付けてはならないと……」

それはサウズリンドに限らず、富裕層にある子女ならば幼い頃《ころ》より言い聞かせられる文句です。アルス大陸で信仰されている、どの神々とも異なる宗教を持ち、特定の国に根を下ろさず、独自の文化を築いているロマの人々は昔から忌避されてきました。それがシスルの星の存在価値によって緩和されようと、やはり忌避される事実に変わりはありません。

貴族子女ならばなおのこと、関わりを持ったと噂《うわさ》を立てられるだけでも印象が悪くなるのです。アニーの心配はもっともでした。

それを殿下は微笑で返します。

「私が一緒なんだ。エリィの評判に傷が付くことは決してないと約束させてもらうよ。それに、昔聞いた時にも思ったけれど、侯爵はダメだと言うだけで理由を話していないんだろう？　世間体を気にするベルンシュタイン家じゃないだろうに……それとも、きみはその理由を知っているのかな」

いいえ……、とアニーは困ったように答えています。殿下はあっさりうなずきました。

「それじゃ、エリィだっていつまでも心残りになるだけだよ」

「殿下……」

わたしはさらに胸が高鳴るのを感じました。

殿下のおっしゃる通り、シスルの星の存在を知って、彼らが三年に一度持ち運ぶ書物の市場の話を聞いてから、わたしにはずっと憧《あこが》れの場所でした。けれど、父をはじめとした家人一同が頑として許可を出してくれずに、書物の購入は毎回家の者が使いに出ているのです。

そして、シスルの星は主要街道しか渡りませんので、王都にいる時しか接する機会がありませんでした。

わたしの願いを知っていたというのは、おそらく、幼い時に出逢った際、そのような話をしたのでしょう。

わたしはその時のことを思い出せないままで心苦しく、物思いの一因なのですが、殿下は忘れずにいまかなえてくれようとしているのだと知って、うれしくて胸が熱くなる思いでした。

その思いの前には、申し訳ないけれども、父の言い付けを破ることへの罪悪感は薄れてしまいました。

殿下はにっこりほほ笑むと、わたしを逃げ場のない道でふさぎました。

「と言うわけだから、エリィ。市場に着くまで、私の名を呼ぶ練習をしてみようか」

「え……？」

「殿下呼びをしたら、その都度罰を与えるっていうのはどうかな。もちろん、罰は私が決めさせてもらう。まあ、簡単だよね。私の名を呼べばいいだけなんだから」

え？　ともう一度繰り返したわたしに、にっこり有無を言わせない微笑でもって、殿下はわたしを王宮の外へ連れ出しました。

グレンさまは諦観《ていかん》の念ただよう様子でため息をついておられ、アニーは焦燥の面持ちながら王太子殿下にそれ以上抗う術《すべ》がなく、ひたすら困った顔で付き従うばかりでした。

わたしは王都の外れに露店を広げるロマの人々の市場へ着くまで、馬車の中でいやと言うほど殿下の罰を受けるハメになりました。

殿下はほんとうに楽しそうで、それがなんだか無性に腹立たしくなったりもしたのですが、状況の整理が追い付かないまま、わたしはひっしにその罰に応《こた》えるだけでした。

そうしていまに至ります。

身なり同様、一度乗り換えて目立たぬ馬車に揺られてたどり着いたその光景に、わたしはひたすら感動に打ちふるえていました。

ずっと、興味があったのです。彼らの書物を目にした時から止めようもなく、興味と好奇心がつのるばかりなのを感じていました。けれど、父の言い付けで近付くことはままならず、父や兄も控えていたのに、わたし一人が我儘《わがまま》を言うわけにはいかず――ずっと、想像をめぐらせるばかりでした。

それが――。

いまはじめて、直に目にすることができたのです。手を伸ばせばすぐそこに、ふれることのできる新書があるのです。においも手触りも、直に感じることができるのです。シスルの星、と呼ばれる人々と言葉を交わすこともできるのです。

なにより、城下町の書店とは異なり、書物を中心に開かれる市場なんて他にありません。それが、三年に一度しかない光景なのですから。

これほど、歓喜を覚える出来事が人生にあるのでしょうか。

飛びだしそうになったわたしに非があるとは思えません。興奮が抑えきれないままのわたしに、殿下はやさしく苦笑混じりです。

「エリィ。散々言ったけれど、今日一日は決して私の手を離さないように。でないと、いますぐに連れ戻すからね。いい？」

まるで、殿下がわたしの保護者のようです。子どものような扱いにどことはなしに釈然としない思いもしましたが、それよりも目の前の、夢に見た光景です。

わたしは満面の笑みで答えました。

「はい！　クリスさま！」

殿下の整ったお顔が凍りつきました。そのまま、なぜか固まってしまわれた殿下を、わたしは手を引いて連れ回すこととなりました。

興奮状態のわたしは、少し距離を置いて付いてくるグレンさまたち、三人の護衛があきれと苦笑混じりの表情でいることに気付きませんでした。御者と共に留守居役のアニーが、「お嬢さま！　めずらしい本をくれると言われても、知らない人に付いていかないでくださいね！」とひっしに懇願の声で叫んでいることも。

異国の海に殿下と共に飛び込み、活気あふれる喧騒《けんそう》に包まれます。聞き慣れない音楽さえも、わたしの鼓動を高鳴らせる要素に思えます。

目がいくつあっても足りません。と言いますか、興奮のあまり、どの露店から手を付けるべきかもわかりません。

ああ、いっそのこと、片っ端から買いあさることはできないものでしょうか。

興奮真っただ中のわたしに、隣から気を取り直したような笑いがもれ聞こえます。繋《つな》いだ手にやわらかく力が込められました。

「――エリィ。落ち着いて」

「で…………」

口にしかけた言葉をわたしは呑み込みます。今日は御名を呼ばなければならないのだと、いやというほど身にしみて理解させられました。……いやというわけではなかったのですが。

興奮のまま口にできた自分が信じられず、内心の葛藤《かっとう》を抱えているわたしに、殿下はクスリと笑いかけました。

「大丈夫。時間はあるよ。エリィが書物に気を取られていたら、ちゃんと私が引き戻してみせる。必ずね」

力強く自信がこもったお声と、やさしくわたしを包み込む眼差しに、本日何度目かわからず鼓動がはね上がりました。

そこに、横手から好意とからかい混じりの声がかかります。

「――そこの初々しいお二人さん。本を買いに来たのならうちの店が品ぞろえいいよ。お二人に似合いの恋愛物語なんてどうだい」

見ると、褐色の肌に陽気な風貌《ふうぼう》の店主が気さくに本を勧めてくれます。

わたしたちの出で立ちは明らかに身分ある者がお忍びで市場を散策しているそれですが、三年に一度の市場ではめずらしくもないのか、店主の対応は気さくでした。

わたしは殿下に手を引かれて、――いまさらその事実に頬を染めて、その露店をのぞき込みました。

青空の下、所狭しと並べられた書物は年季の入ったものもあります。日に焼けてしまって表紙が読み取れないものも。

少しく悲しい思いをするわたしの前で殿下も本に目を配らせていました。

「こちらの店は昨年までの専門書が主だね」

「おや、男前の兄さんわかってるね。新書は中央の広場まで行かなきゃダメだ。でも掘り出し物があるかも知れないよ。ゆっくり見て行きな」

「三年前に出た、レッツィ博士の『大地の書』はある？」

「レッツィ博士の書は人気な上に数が少ないからなあ。あってもすぐに売れちまうんだよ」

「……相変わらずだな」

なにかをつぶやかれている殿下を隣に、わたしは近くの一冊を手に取りました。気付いた店主が声をかけてきます。

「『星の旅人』かい？　子ども向けの童話だが大人《おとな》でも楽しめる。お嬢さんにもいいと思うよ」

わたしはそっと殿下の手を失礼にならないようにはずして、両手でその本をめくりました。

店主の言う通り、はるか昔に書かれた作者未詳の子ども向けの童話なのですが、挿絵が少なく、中身も星の子どもたちがあちらこちらを旅する様を描いただけの、単調な作品でした。サウズリンドでは英雄王の冒険譚《ぼうけんたん》が好まれるので、残念ながら人気の低い一冊です。

けれど、わたしには想い出の童話でした。

「エリィ、気に入ったの？」

すぐさま買い求めそうなお声にわたしは平素に返しました。いえ、そうではなく、と。

「これはセゥルーカウン版ですね。できれば、旧ラカン語で書かれたもの――もしくは、カイ・アーグ帝国時代に書かれたものか、一番欲しいのは火の茨《いばら》版なのですが、ありませんか？」

は？ と店主は人のよさそうな顔をポカンとさせました。異国語を聞いたように瞬《まばた》きしている店主に少々じれったくなって繰り返そうとすると、殿下がやさしく言い換えました。

「店主。他に『星の旅人』はあるかな。できればセゥルーカゥン以外の言葉で書かれたものが欲しい」

「あ、ああ……」

狐《きつね》につままれたような面持ちで奥に引っ込む店主を見やってわたしは首をかしげます。何かおかしなことを言ったでしょうか。

すると、隣の殿下が苦笑混じりに教えてくれました。

「書物を取り扱う市場と言っても、皆が皆、書物に詳しいわけじゃないんだよ。三年に一度のことだし……それこそ、城下町の書店のほうが書物には詳しいかも知れない。だから、専門用語を言っても伝わらない場合もあるんだ」

「そうなのですか……」

シスルの星と行動を共にするロマの人々が開く市場ですので、わたしは勝手に書物へも造詣が深いのだと思い込んでいました。でも、日に焼けてしまった書物などを見るにつけ、一概にそうとばかりも言えないのだと理解しました。

それにしても、殿下の物知りには驚かされます。いつもの存在感を抑えて、騎士然としている演技力も見事だと思いますが、店主と気安く会話する様子からして、もしかすると、はじめてではないのでしょうか。

「でも……『星の旅人』がそんなに色んな言葉で書かれているとは知らなかったな。いや、国が違えば絵本や童話もその国の言葉で書かれるよね」

わたしの手の中の本を気やすくのぞき込んでくる殿下に、やっぱりわたしはドキリとします。

「『星の旅人』は、少し変わっているのです。古語で書かれたものは古典を勉強するための教書として使われますが、再版された時代や国によって、子どもたちの旅の中身が少しずつ異なっているのです」

へえ、と殿下は興味深そうです。

「作者未詳なのにふしぎだね。翻訳した者が変えているのかな」

「そうですね……。父の書斎に集められていて、わたしも色々な種類があることを知りました。母が好きな本だったので父も集めているのだとずっと思ってきましたが、そうではないのかも知れません」

「たしかに、その謎《なぞ》は興味深いね。私もあらためて読み返してみようかな」

わたしは驚いて返しました。

「殿下が、童話を読まれるのですか？」

「――エリィ」

ハッと、わたしは口を押さえましたが、一度出てしまった言葉は取り戻せません。殿下のお顔がにこやかなのに眸が獲物を捕らえた狩人《かりゅうど》のようです。

「そんなに私の罰が欲しいのかな」

わたしの口元を押さえた手が殿下に取られ、アワアワとうろたえました。馬車の中でのやり取りが思い起こされて、瞬時に頬に熱が上るのを感じます。

殿下の手がわたしの顎を取り、青い眸が甘く笑んだところで、救いの声がかかりました。

「お二人さん、イチャつくならよそでやってくれんかね」

本を抱えた店主でした。わたしはホッとして、気を付けます、と謝って殿下の手からさりげなく逃げます。殿下が小さく舌打ちされたのは聞いていません。ええ。

店主から差し出された本をいくつか手に取り、他にもめずらしい異国の本に好奇心が止まりません。露店によって取り扱う書物が異なったり、かと思えば、厳《いか》めしい学術書の横に文字のない絵本があったり、挿絵が見事な植物図鑑や鉱石図鑑、神学のための事典、空想上の生き物を描いた書、異国の歌が載った歌集、わたしも見たことがない古代の碑文に関する論文等——目も時間も、いくらあっても足りない気がします。

それでも数店舗を回れたのは、わたしが立ち読みをはじめると、殿下がややして名を呼び、その場から手を引くからです。わたしが読んでいた本はすぐさま購入されていました。

見る間に、グレンさまたち護衛の任があるはずの方々は荷物持ちと化しています。ちなみに、わたしは現金を持ち合わせていないので、すべて殿下のお支払いです。

恐縮するわたしに、殿下はなぜかうれしそうに支払いをされていました。

「欲しいものがあったら遠慮なく言うんだよ。エリィ」

……殿下に散財好きなご性質がおありでしたら、国の将来が心配なのですが。

しかし、グレンさまたちが重たそうに提げる袋を見て、わたしはそろそろ苦言を申し上げるべきか迷いました。ところが、購入されない本も中にはあります。

「――プラマー遺跡に関する学説史？」

「はい。テオドールさまが探し求めておられました」

「エリィ」

ふいに低い声で呼ばれてわたしはビクリとします。殿下が笑っていない目でわたしから本を取り上げました。

「叔父上には時間も財もある。いつでも自分で買いに来れるよ」

「え、でも……」

せっかく見つけたのだし、と思うわたしの唇に殿下の人差し指が添えられました。

「今日は、他の男の名前は厳禁」

やたらと禁止事項の多い日です。

困惑がちに瞬きを繰り返していますと、クスリと笑った殿下が誘いかける眼差しでわたしを見つめてきました。

「他の男の名を呼んだら、罰を与えようかな」

「でん……！」

ん？　と青空色の眸がきらりと鋭さを含みました。息を呑んでわたしの眸が泳ぎます。

「で、……でんでん虫が」

誤魔化すように明後日《あさって》の方向を指差しますと、突然横手から笑声があがりました。

驚いて目を移した先で、舞曲を見世物にするロマの人らしい身なりの青年が、ふきだした笑いを抑えている姿を目にします。とたんに隣の殿下が機嫌を降下させた声で問いかけました。

「なぜおまえがここにいる」

「いや、だって、こんな面白い見世物、見逃すわけにはいかないでしょ」

殿下の微笑がなにやら怖いほど凄味《すごみ》を帯びます。そのまま一言告げられました。帰れ――と。

ロマの人にはめずらしい蜂蜜色《はちみついろ》の髪にどこか少年っぽさを残した青年です。わたしは首をかしげました。

「お知り合いですか？　で……クリスさま」

わたしを見返した殿下は少し瞬くと、にっこりほほ笑まれました。

「いや、全然。知らない人だったみたいだ。こういう市場は色んな人種がいるからね。エリィも知らない人から声をかけられたら、ちゃんと警戒するんだよ」

「……子どもではありません」

さすがに不服を申し立てました。殿下は笑って応じられます。エリィが可愛《かわい》いから心配なんだ、と。

……なんと言いましょうか。先日来、わたしに対して殿下はどこか留め具が足りないと言うか、抑えていた箍《たが》がはずれてしまったと言うか……赤くなってしまうわたしにも因はあるのでしょうが。

再び甘い空気がただよいかけて、ちょっとちょっと、と横手から除外視された青年があせって割り込みました。

「ヒドくない？　せっかく面白い情報仕入れたから、お二人を探して来たのに」

「おまえの面白いはロクなものだった例がない。いいから帰れ。今日の私は（自主）休暇中だ」

殿下は邪険に言い放つと、わたしの手を引いてその場を立ち去りかけました。えー、となおも陽気な青年は言いつのります。

どこか無邪気なからかいをこめて。

「それがエリアーナさまに関することでも？」

殿下の気配が一変したのが、わたしにもわかりました。

ふり向いた殿下が口を開きかけたその時、近くから人のもみ合う声と同時に、突然の騒動がわき起こります。

大人たちの怒声交じりの叫び声、それに付随した悲鳴とざわめき、なにかが散乱する物音。

驚いて目をやったそこに、騒ぎの中から駆けてきた数人の子どもたちの姿が映ります。しかし、それを目にした時には、わたしは殿下の背にかばわれ、グレンさまたち護衛の者に囲まれていました。

「――泥棒だ！　捕まえてくれ！」

ざわめく人込みの合間を、子どもたちはまるで水中を泳ぐ魚のようにすり抜けます。しかし、腕に抱えていた物の重みに一番小さな子どもが転び、その手から投げ出された数冊の本が散らばりました。

ハッとしたわたしの前で、「ルネ！」と一回り大きな子どもがかけもどって来ます。転んだ子どもをたすけ起こしている間に、追い付いた大人たちに二人の子どもは捕まっていました。

そこで殿下に声をかけてきたのは、先ほどの青年です。

「クリスさま。あの子どもたち、保護した方がいいですよ」

胡乱《うろん》な視線が向けられましたが、殿下はその場での問答を後回しにされたようで、グレンさまにわたしを預けると足を踏み出しました。

二人の子どもを捕らえた数人の男たちは荒くれな用心棒のような風情をしています。ロマの人の中でも、荒事を生業《なりわい》にする人たちなのでしょう。このような市場ではもめ事も茶飯事でしょうから、その需要は理解できました。

「ロマの子どものくせに、同じロマの店から盗みを働くなんて、ふてえやつらだ」

「まったくだ。親はどうした。だいたい、本なんか盗んだってなんにもならねえだろうが」

「王都の本屋にでも持ってくつもりだったのか？　おまえらみたいなガキが持ち込んだって、追い払われるのが関の山だぞ」

殿下が割って入る頃合いを見計らっていますと、乱暴に小突かれていた子どものうち、十歳前後の少年が気の強そうな目を上げました。

その子どもの発した言葉が、瞬時に場の空気を一変させました。

「違うよ！　貴族のやつがオレたちに命令したんだ。本を盗んでこい、って。ロマのやつらに金なんか払う必要ないって。——ベルンシュタインって貴族だよ！」

はい…………？

目をしばたたいたわたしの前で、ザワッと周囲の気色が変わったのがわかります。荒くれな男たちも一瞬で殺気立ちました。

「ベルンシュタインだと……？」

「今年こそ現れたのか？　オレはあの時の借りが残ってんだ！」

「オレもだ！　次こそ返り討ちにしてやる！」

「族長も今度現れたら、なにがなんでも連れて来いって言ってたぞ」

荒くれな男たちが口々に発する言葉に、わたしは瞬きを繰り返すばかりでした。

我が家はもしかして、ロマの人々となにか因縁があるのでしょうか。だから父は、あれほど頑《かたく》なに近付いてはいけないと厳命したのでしょうか。

しかし、我が家は書物好きゆえに荒事とは縁がなく、——はっきり申し上げて、腕っ節での勝負事は結果を見るまでもないのです。荒事を生業にする方々と接する機会がそうそうあるとは思えないのですが……。

しかも、これほど根に持たれ、復讐《ふくしゅう》の念を燃やされるとは、とわたしは驚いていました。その横でグレンさまが青年に話しかけています。

「どういうことだ？　おまえ、これ知ってて止めに来たのか？」

「いや……ボクも予想外な反応でビックリというか。ベルンシュタインって、ロマの人たちに人気なんだね」

これもある意味、人気というのでしょうか。たしかに彼らの反応はどう見ても、貴族がロマの人々を見下した行為に憤るより、その貴族――ベルンシュタインの名前に過剰反応しているようです。

「おい――ガキ共。その命令した貴族ってのはどこにいる」

詰め寄る男たちに、二人の子どもは身をすくめました。正確に言うと、年長の一人が小柄なもう一人をかばっています。兄弟《きょうだい》なのでしょうか。あまりよく見えませんが、風貌は似通っていないようなのですが。

「――ちょっといいかな」

そこで殿下が静かな声で割って入りました。隠していた存在感を意図してあらわにしたように、周囲の注目がいっせいに集まります。

その視線に動じた風もなく、余裕を持って殿下は微笑を浮かべます。泰然と仲裁の言葉を口にしかけて、思いもよらないところから邪魔が入りました。

かばわれていた六、七歳くらいの子どもが顔を上げると、あざやかな青の眸を輝かせて殿下に飛び付きました。

「——お父さん！」と。

2、彼女の悩み

「……えーと、つまりなんだ」

騒ぎの場から移動して、お昼時でにぎわう露店の一角にわたしたちは腰を下ろしていました。

ロマの市場は城下町の整備された区画分けとは異なり、書物を扱う露店の近くに飲食を扱う店があったり、そのまた横に舞曲を見世物にする一団や占い師がいたりと、雑然とした印象です。

その中の飲食を扱う店で昼食をとりながら、子どもたちから事情を聞き出していたのはグレンさまでした。

荒くれな男性たちは殿下がなにかを話して引き下がっていかれました。

当初は、「おまえが父親か」「ベルンシュタインと関わりがあるのか」と詰め寄られていた殿下ですが、わたしもゾクリとするようなきらきらしい笑顔で男たちを圧しておられました。そして二言三言話すと、男たちはしぶしぶといった態《てい》で引き下がったのです。なにを話されていたのかまでは、わたしにはわかりませんでした。

グレンさまはどことはなしにゲンナリしたご様子で、食べ物にがっついている年長の子どもに確認します。

「このルネって子どもの母親が病気で、医者に見せたいけど金がない。それでおまえさんたちは声をかけてきた貴族の命令に従った。市場から本を盗んでくれれば、医者に見せてくれる約束で。他《ほか》の子どもたちもおまえさんも、このルネって子どものために一肌脱いだと」

パオロと名乗った十歳前後の少年は、食べることに夢中になりながらうなずきました。

「ルネはオレの弟分だからさ。仲間内でもこいつ、一番ちっこくて弱っちいんだ」

だからオレがたすけてやってんだ、とパオロ少年はどこか誇らしげです。グレンさまは早くもお疲れのご様子で問いを重ねました。

「それで兄貴分よ。このルネって子どもは、なぜクリスを父親だと思い込んでるんだ？」

そこでようやく、パオロ少年は食事から顔を上げました。きょとんとした顔には年相応の幼さがあります。

ロマの人に多い暗色の眸《ひとみ》で、殿下とその膝上《ひざうえ》に陣取った弟分を見比べていました。

「思い込むもなにも……その人がルネの父親だからだろ？」

グレンさまは頭痛がする、というように額を押さえました。……それはアレクセイさまの専売特許だと思うのですが。

しかしわたしは、先から張り付いたように微笑を浮かべたままの殿下が気がかりです。

ルネという子どもに「お父さん」と呼ばれ、ずっとくっつかれたままです。少しでも引きはがそうとすると、ルネ少年は殿下と似通った青い眸いっぱいに涙を浮かべますので、さしもの殿下も受け容《い》れたままのようです。

殿下はパオロ少年のセリフを受けて、わたしに変わらぬ微笑を向けてきます。

「――エリィ。私にはなんら後ろ暗いところはないからね」

それは先ほどから何度もお聞きしましたが、殿下。

パオロ少年がそこであらためてわたしのほうをふり向き、殿下と見比べました。

「えっと……あんたルネの父親なんだろ？　だからオレたちをたすけてくれたんじゃないの？」

「私が一言でもそんなことを言ったかな？」

殿下の微笑が深まり、パオロ少年が身をふるわせて硬直しました。グレンさまが横で「子ども相手に本気になるな」とよくわからない諫言《かんげん》をされています。

すると、殿下の膝上からひっしの声が出ました。

「お父さんは騎士さまなんだよ！」

ルネ少年です。曇りのない青空のような眸が懸命にその場の大人《おとな》たちに訴えかけていました。

「お母さんが言ってた。ボクのお父さんは、ボクと同じ青い目で、とても立派な騎士さまなんだって。ボクたちをかならず迎えに来てくれるって。ボクのお父さんだよ！」

そう言って、ぎゅうっと殿下にしがみつきます。王宮ならまずあり得ない光景でしょう。子どもといえど、不敬罪に処されてもおかしくありません。

現に、グレンさま以外の護衛は先から不快そうに眉《まゆ》をひそめています。彼らははじめに子どもを排除しようとして、グレンさまに止められていました。

「あー、つまり？」

グレンさまは年長のパオロ少年のほうに確認を取っています。

「おまえさんも、このルネって子も、実際に父親に逢《あ》ったことはないんだな？　ルネって子の母親が言っていた特徴だけで、クリスを父親だと判断したわけだな？」

パオロ少年は困惑を浮かべて答えました。それだけじゃないよ、と。

「そっちのルネのとう……えっと、兄ちゃんがさっき、オレたちの身柄を預かるって言った時に、シスルの星の名前出してみんなを引き下がらせたじゃないか。シスルの星と知り合いなんだろ？　ルネの母ちゃん――マリッサは踊り子だけど、家族はシスルの星の人だったって。サウズリンドの騎士さまがシスルの星と知り合えるなんて、恋人の家族がいたからなんだろ？」

……へえ。そうなのですか。

「エリィ……なにかな、その目は」

いいえ、別に。殿下。

聞けば、シスルの星はロマの人の中でも一目置かれる存在らしく、よそ者が知り合うためにはよほどの伝手《つて》をたどらねばならないのだとか。貴族の名前を出したところで意にするシスルの星ではなく、かえって不興を買えば相手の名のほうが悪評でもって大陸中へ広まるのだそうです。……なにか、似たような話を最近聞いた気がしますね。

まあ、有名なセゥルーカウン聖都市でその存在を認められたシスルの星です。お近付きになりたい者は多く、しかし学識者の性ゆえか偏屈な者も多く、教えを請うためには何年もかけて通う者もいるのだとか。その伝手を持っていた殿下は、それが身内だったから、と解釈されたようです。

グレンさまは困ったように頭上を振りあおぎ、殿下は変わらず――どこか冷ややかさを感じる張り付いた微笑でいたところに、明るい声が割って入りました。

「――舞姫と騎士さまの恋物語ってお芝居になってるし、恋愛小説でも有名だよね。五、六年前に流《は》行《や》ったけど、ルネくんがその実在の二人の子どもで、クリスさまがお相手の騎士さまだったとは知らなかったなあ」

東の国で有名な蒸し饅頭《まんじゅう》を片手に、どこかへ消えていた蜂蜜色《はちみついろ》の髪の青年が姿を見せました。殿下の冷ややかな視線を知ってか知らずか、気安くわたしの隣に腰掛けます。

「あれ？　エリアーナさま、食べないの？　あ、もしかして食べたことない料理に警戒してる？」

「いえ……東の国の料理は以前、『東方見聞書』を読んだ際、家の料理人に作ってもらいました」

「……ベルンシュタイン家の料理人って、きっと、多国籍料理なんでもござれの凄腕《すごうで》だろうね」

しみじみとつぶやかれる青年に、わたしは首をかしげました。我が家のことをご存じなのでしょうか。すると、少年っぽさを残した整った面立ちが泣きだしそうに悲愴《ひそう》な色を浮かべました。

「ついこの前挨拶《あいさつ》したばっかかなのに、やっぱり気付いてない……ボクの存在感ってどんだけ………

アランデス」

「まあ。アランさまは、ロマの方だったのですか？」

今度ため息をつかれたのは殿下でした。エリィ、と少し気を取り直すようにうながします。

「とにかく、冷めないうちに食事にしよう。きみも。私の方を向いていたら食事ができないよ」

にこやかな笑顔で声をかけられたルネ少年は、他人行儀な言葉遣いに不安そうに殿下を見上げていました。殿下はほら、とやさしく子どもを卓に向かわせます。皿を引き寄せ、木匙《きさじ》をにぎらせる甲斐《かい》甲斐しさにわたしは少し目をみはりました。

殿下は子ども好きなのでしょうか。……………それとも。

隣のアランさまが悲痛な表情から一転、にやにやとからかう表情で口を開きかけて、「――アラン」と笑っていない殿下の、アレクセイさま張りの氷のような目が向けられました。

「報告は向こうで聞こうか。グレン、来い」

殿下は膝上の少年を椅子《いす》に座り直らせ、不安そうに上げた眼差《まなざ》しにひとつ頭をなでました。そして護衛二人をその場に残すと、アランさまとグレンさまを連れて壁際に移動していきました。

見送るわたしとルネ少年に、パオロ少年の声がかけられます。

「ルネ。いいからいまはメシ食えよ。めったにないタダメシなんだからさ」

世話を焼く少年を見て、わたしもひとまず食事に集中することにしました。ルネ少年も食事をはじめると空腹を思い出したように夢中になっています。そこに、パオロ少年が話しかけてきました。

「なあ、ちっこい姉ちゃん」

わたしのことでしょうか。

手を止めて見返すと、子どもながら厳しい敵意の目がわたしに向けられていました。

「あんた、ベルンシュタインって貴族の人間なの？」

ハッとしました。立て続けの出来事で失念しかけていましたが、この少年一人はベルンシュタインという貴族に命じられて本を盗みに走ったのです。わたしは、自分の身内がそのような蛮行を命じることなどあり得ないと思っていますが、少年たちには通じないでしょう。

そして、アランさまが口にしていたのをパオロ少年は聞いていたのでしょう。誤魔化せない眼差しにわたしは正直にうなずきました。

「はい。エリアーナ・ベルンシュタインと申します」

とたんにパオロ少年は顔をしかめました。

「あんた、モグラの身内なのか」

はい？

「モグラ貴族だよ。えらそーにふんぞり返ってさ。オレたちのことも見下してるのが丸わかりだったんだ。でも、ルネの母ちゃんをちゃんとした医者に見せてくれるって言うからさ……」

くやしそうにパオロ少年は唇を噛《か》みました。お医者さまは貴重な人材です。その知識と経験を有した人が少ない、というのもありますが、貴族の家がお抱えにして占有している問題もあります。昨今ではだいぶその風潮はうすれたそうですが、それでもやはり町医者の数は少なく、低所得者は病気になってもなかなか医者にかかれないのだとか。差別と偏見の目で見られてしまうロマの人なら、なおさら難しいのでしょう。

沈黙を落としたわたしに、パオロ少年はキッと、鋭い目を上げてきました。

「だからオレは、人の足元見てふんぞり返ってるあんたら貴族なんて、大っきらいだ」

「わたしもです」

パオロ少年の目を見て、わたしは真面目《まじめ》に返しました。

「わたしも、弱い者いじめをする人は好きになれません。『星の旅人』でも、荒野で出逢《であ》ったカラスにいじめられた旅人がこう返しています。『ボクはいま、きみにいじめられてとても悲しい。だからボクは、他のカラスに出逢ってもいじめることはしないよ』と。――ロマの人は、貴族や他の人から見下されても、自分たちの生活に誇りを持っています。それはとても、立派なことだと思います」

パオロ少年はたじろいだように目を泳がせました。

「い、いまさらそんなおべんちゃら言ったって、あんたが貴族で、ベルンシュタインの人間なのは事実だろ」

そうですね。

少年たちに命じたのはおそらく、ベルンシュタインの名を騙《かた》っただれかだと思いますが、いまそれを証し立てるものはありません。それに、ロマの人に我が家の悪名が轟《とどろ》いているのも事実のようです。

それでもわたしは、一族の名誉のためにこれだけは言わずにおれませんでした。

「パオロさま」

「パオロサマ……？」

異国語のようにポカンと繰り返す少年をわたしは真摯《しんし》に見つめ返しました。

「我が家は書物を盗むような真似《まね》は決してしません。それがどうしても欲しい書物で、どうしても手に入らなければ――」

「……ければ？」

「拝み倒してでも一服盛らせていただいてでも、とにかく読ませていただきます！」

読んで覚えてしまえば、自分で清書し直すこともできるのですから。

思わず力んで勢い付いたわたしを、パオロ少年は一服盛るほうが悪くね？　と唖然《あぜん》としたさまで見ていました。近くの護衛二人がなにやらもれる声をひっしにこらえています。

向かいの席から遠慮がちの声が出ました。

「ボク……『星の旅人』知ってるよ」

殿下によく似た青い眸のルネ少年です。黒褐色の髪はロマの特徴ですが、少しうすい肌の色と眸の色がロマの人の中にいると浮いて見えます。

「お母さんが読んでくれた。『星の旅人』は、ボクたちロマの道しるべなんだって」

わたしはしぜんと笑み返していました。

「わたしも小さな頃《ころ》、母に読んでもらいました。母が一番好きだった本です」

ルネ少年がおずおずと笑い返してきて、わたしもほっこりと胸があたたかくなりました。

眸の色以外は殿下との類似点が見受けられないのですが、『図書館の亡霊』であるわたしは常に子どもたちにおそれられる存在でしたので、笑いかけてくれる子どもはそれだけで貴重な存在に映りました。

「なんか……変わったお貴族さまだな。姉ちゃんって」

ルネ少年の口まわりを隣に座ってハンカチでふいてあげていると、パオロ少年が取るべき態度にとまどったようにつぶやいていました。ホントにモグラの身内なのかよ、と。

わたしは父と兄の姿を思い浮かべて首をかしげました。やはり二人とも、モグラとは似ても似つかない風貌《ふうぼう》をしています。ですが、書斎にこもって本を読んでいる姿は土中のモグラと言われても仕方ないのかも、と埒《らち》もないことを考えていました。

その横でお腹《なか》がくちたルネ少年は次第にウトウトとしだし、わたしはむかし母にしてもらったように、そっと小さな頭をなでました。すると、安堵《あんど》したように子どもの重みがのしかかってきます。無条件に愛《いと》しくなって、胸元に寄りかからせました。

「……なあ、ちっこい姉ちゃん」

パオロ少年は護衛二人の耳を避けるようにわたしにささやきかけてきます。眠るルネ少年を気にしたように見やって、まだ話し続けている殿下たちのほうにチラリと目を投げました。

「姉ちゃんが他の貴族とはなんか違うのはわかったよ。だから聞くけどさ。あの兄ちゃんと姉ちゃんって、どういう関係なんだ？」

わたしは目をしばたたいてパオロ少年を見返しました。どういう、とはどのような意味でしょうか。

じれったそうにパオロ少年が言葉を重ねます。

「だからさ、恋人同士なのかどうか、ってこと」

その単語を聞いて、わたしはとっさに耳にまで熱が走るのを感じ、言葉に詰まりました。

婚約者、という肩書きなら四年前からついてまわっていますし、先日の一件以降、見せかけではないその名をわたしも自身で意識するようになりました。ですので、婚約者と呼ばれることに胸のときめきがつのりこそすれ、困惑することはありません。ですが、恋人という単語には耐性がなく、しかし、それこそが先日来のわたしの物思いの種でもありました。

わたしは、殿下のことをとても特別な存在なのだと――一人の異性として、自分の中でかけがえのないお方なのだと自覚しました。

その方から同じように想《おも》いを返されて、愛情をこめてふれられた時には、言葉にならないほどの幸福に包まれました。

だからこそ、わたしは殿下との出逢いを思いだしたい、と思うようになったのです。

いまこうしてわたしが殿下のおそばにいられるのは、殿下がむかしの出逢いを大切に覚えて、わたしのことを気にかけてくださったからです。その時のことがなければ、わたしがいまこうしていることはあり得なかったかも知れません。

それゆえ、思いだすべきではないかと義務感に捉われたのもありますが、なによりわたし自身、殿下との思い出を取り戻したい、という気持ちがありました。

しかし、それがさっぱり思い出せないままなのです。自分の記憶力が書物にばかり偏っていることに、この時ほど情けなく思ったことはありませんでした。

殿下は今日《きょう》だって、わたしとの思い出を基に、こうしてわたしが幼い頃からの憧《あこが》れだった場所へ連れ出してくださっているのに。

それを思うと、わたしはどうしようもなく、言い知れぬ不安が心の奥底にわだかまるのを感じていました。

殿下は先日来、わたしと二人でいる時には、甘い微笑と態度で距離を縮めてこられます。それは、わたしのことを婚約者以前に、恋人として扱ってくださっているからなのでしょう。

けれど、わたしはそれを受けるのにふさわしいのでしょうか。

わたしは殿下との出逢いを思いだせもせず、恋人としてふさわしいふるまいができているかも自信がないのに。

「恋人というか……」

その単語はわたしにはふさわしくないように感じてしまうのです。せめて、殿下との出逢いを思いだせれば、恋人としての自信もつくのかも知れませんが。

悄然《しょうぜん》と眸を落としたわたしに、パオロ少年のあきれたような声がかかります。

「なんだよ、はっきりしねえなあ。そんな態度だと、男は物足りねえんじゃねえの」

ドキリとしました。

殿下もお顔には出されませんが、アワアワしてばかりのわたしに不満を覚えられていたりするのでしょうか。わたしがどうしても気になってしまうのは、やはり殿下がどう思われているかということです。

――いつまでも思いだせないわたしに、殿下は内心、失望されているのではないかと。

「やはり、そうなのでしょうか……」

思わず年端もいかない少年にすがるようにたずねてしまいました。はあ？　とパオロ少年はあきれた顔を隠しもしません。

「なんだよ、調子狂うな。そんなんじゃこっちだって頼みづれえじゃん」

はい？　と首をかしげると、迷うようにしながらもパオロ少年は口にしました。

「姉ちゃんたちの話聞いてると、あの兄ちゃんがルネの父ちゃんじゃないらしいのはなんとなくわかったよ。でもさ、ルネのやつ、ずっと父親の存在に憧れてたんだ。だから頼むよ。今日一日だけでいいから、あの兄ちゃんをルネの父ちゃんとして貸しだしてくれよ」

「え……」

固まったわたしの後ろから、ふいに冷ややかな声がかけられました。

「——そういうことは、本人から了承を得てくれるかな」

クリストファー殿下です。お話は終わったのでしょうか。

ほんの少し時間を置いただけで、グレンさまはどことはなしに、やつれたように見受けられます。殿下が音を立てそうな様子でわたしからルネ少年を引きはがすと、アランさまがやはり笑いだしそうなご様子でそれを見ていました。

「エリィ。アランが少し聞いて回ったんだが、どうもロマの人とベルンシュタイン家との関わりがつかめない。仕方ないから、シスルの星に逢いに行ってみよう」

「シスルの星の方なら、わかるのですか？」

「いや。だが、彼らがいれば、ロマの人から話を聞きやすくなるからね。ちょうど私も確かめたいことがあったし……あまり逢いたくない人だが、仕方ない」

気が進まなさそうにつぶやかれる殿下に、わたしは申し訳ない気持ちでいっぱいでした。我が家のことでここまでお手間をかけさせてしまうなんて。

「あの……この子たちに盗みを命じたという貴族は」

ああ、と殿下はそれも気やすく応じられます。微笑はそれはきらきらしく、周囲を魅了するほどでしたのに、なにやら寒気が走る様でした。

「大丈夫。把握しているよ。せっかくの（二人の）休日を邪魔してくれたんだ。よくよくお礼をしないとね」

……人の弱みを盾に、しかも子どもを使って悪事を働く方に同情はできません。ですが、なぜだかお逃げくださいませと助言したくなるような、それはきれいな殿下の笑顔でした。

3、王子の屈託

まったく、と苛立《いらだ》つ舌打ちを何度目かわからず、心中でとどめた。

私が不機嫌をあらわにすると、腕の中の子どもがそのたびにおびえるのだから仕方ない。

サウズリンドの第一王位継承者、クリストファー王子と呼ばれる私が、なぜ子どものお守りをしなければならないのか。そもそも、今日《きょう》の私の両手はエリィのためだけに空けてあったのに、なぜ見も知らぬ子どもに占領されなければならないのか。

まったくもって、意味がわからない。

はじめは順調だったのだ。エリィがむかし、『行ってみたいけれど、お父さまや家の者がダメだって言うから』と悲しげに口にしていた、三年に一度の書物の市場。そこに誘うことはむかしから決めていた。仲が進展したいまだからこそ、できる行為だ。

エリィは言い付けを破ることにためらってはいたが、私が誘いかけたことにうれしそうに眸《ひとみ》を輝かせていたし、市場を前にした彼女は案の定、興奮が隠しきれないさまで無邪気な笑顔がそれは可愛《かわい》らしかった。できることならあのまま閉じ込めて、二人っきりで休日を過ごしたかったほどだ。

エリィは先日来、私が仲を深めようとすると、どこかとまどったような——かすかな不安を眸に走らせる。

前回の誤解は解けたはずだし、ならば恋人らしいふれ合いにまだ慣れていないせいかとも思った。だからこそ、今日は恋人同士の距離感をたっぷり味わってもらって、不安を覚えることなどなにもないのだと、彼女の物思いを払拭《ふっしょく》するつもりでいたのに。

「——あ、エリアーナさま。あっちあっち。虹《にじ》の前奏曲。この曲は踊りと合わせるの、すごく難しいんですよ」

「まあ。衣装がとても長いのですね。あれで踊ることができるのですか？」

「姉ちゃん、踊りのことは知らねえのかよ。ロマの踊り子はあれで虹を観客に見せるんだぜ」

そうなのですか？　と目を丸くして好奇心あふれる青灰色の眸が市場の一角、舞曲を見世物にする一団に捕らえられている。

まったく苛立つ光景だ。

本来なら彼女の手を引いてその隣に立ち、市場のあれこれを説明して尊敬の眼差《まなざ》しを受けるのは私だったはずなのに。

なぜ、その位置をアランや見知らぬ子どもに奪われなければならないのか。まったく解せぬ。もれる舌打ちをこらえろというほうが無理な話だ。

エリィは先ほど、私が子どもを片手に抱え、残りの手で手を繋《つな》ごうとしたら、断って護衛二人の間に身を引いたのだ。それはまず間違いなく、パオロという子どもに言われた言葉を気にしての態度だろう。エリィが遠慮することなどひとつもないのに。

私は別に、私に似た眸の色の子どもを抱えて、エリィが隣にいたら将来の絵図だ——などと、くだらないことを考えていたわけではない。断じて。

しかし、面白くないものは面白くない。今日エリィを守るのは、騎士である私の役目のはずだ。グレンがなにやらひっしに、「オレの隊のやつらは若手ばかりなんだ。まだ先があるんだ。今日を命日にしないでくれ！」などとわめいていたが、知ったことか。

書物をいったん脇《わき》に置くと、彼女の興味と好奇心はとどまるところを知らない。異国のタペストリーや呪術《じゅじゅつ》の仮面に目を輝かせて興味津々だったり、露店奥に仰々しく飾られた宝飾品を「帝国時代のものに似せた偽造品ですね」と口にして、店主と値段交渉していた客人双方の顔色を変えさせたり、魔術師の末裔《まつえい》であると名乗る手妻遣いのタネを明かしてお足に響かせたり、甘味の試食を求められれば、「ララ・トゥータは旧ラカン語で、クモの尻尾《しっぽ》のことですね」などとのたまって、売り子の口上をなくさせた。

……私も段々と、ベルンシュタイン家がロマの人と因縁を持つ理由がつかめてきた気がする。

モクモクと、そのクモの尻尾を食べながら、ルネという少年も舞曲に釘付《くぎづ》けになっており、人知れぬ嘆息をついたところで苦笑混じりの声がかかった。

「——交代するか？」

三つ年上の幼馴染《おさななじみ》は私がこの子どもを許容している事情も察しているので、この事態にもおおむね寛容だ。

アランは先ほどの報告会の際、「クリスさまに隠し子がいたなんて知らなかったなあ」などとからかい口調だったが、冗談も休み休み言え。私と似た青い目をしていれば、すべて私の隠し子か。

不機嫌もあらわに「年齢的に私ではなく、叔父上あたりの隠し子じゃないか」と口にすると、アランはしれっと、「えー、テオドールさまなら絶対、『私はそんなヘマはしない』とか言うと思うよ」と返してきた。まったく忌々しい。

「叔父上はカッコつけだからな」

エリィの前でもそういう本性をさらけだせばいいのに。

私が口にした言葉に、アランとグレンがなにやら目を交わしていたが、なんだ。言いたいことがあるのなら、はっきり言え。

血族って……、となにかをあきらめた口調で流すアランに今後の方針を問われ、思案にかるく眉宇《びう》をひそめた。

アランがわざわざ私を探して報告してきた重要性は理解した。いまはじめたばかりの施策に対する妨害行為だろう。相手は小物だし、追い詰めるのはたやすい。ロマの子どもをわざわざ使ったのは、証言として引き出してもその信憑性《しんぴょうせい》を疑わせることと、ロマの人々へも不信と猜疑心《さいぎしん》を持たせるためだったのだろう。

やはり貴族などは信用ならない――と。

そしてそれは、相手が他《ほか》の貴族なら成功していたのかも知れない。もとより、ロマの人々に王侯貴族などといった階級の人間は受けがよくない。だが、それがベルンシュタイン家であったことで、思惑は水泡に帰したようだ。

アランが聞き込んできたところによると、ロマの大人《おとな》たちはベルンシュタイン家が本を盗む、などという愚行に手を染めるなんて信じていないようだ、と言う。本好きの評判はここでも有名らしい。

だが、その関わりについて問うと、ロマの人々は一様に苦々しそうな顔で口を閉ざすのだと。

その因縁を探るために、いまシスルの星のもとへ向かおうとしているわけだが――。

グレンの言葉に不安そうな顔で見つめてくる青い眸の子どもに気付くと、どうしても記憶がよみがえった。自分もあの頃《ころ》、常にこんな顔をしていたのだろうかと。

「――ひとつ、むかし話をしようか」

首をかしげる仕草が子ども特有で愛らしい。この腕の中にいるのがエリィだったら、もうなにも言うことはないのだが。

「……あるところに、青い目をした一人の小さな男の子がいた。男の子はその時、とても不安な毎日を過ごしていた。なぜなら、男の子の母親が重たい病気にかかってしまい、逢《あ》うことができなくなったからだ」

子どもの眸が大きく瞬《まばた》く。自分のことのような、でも少し違う話に興味を持ったようだ。その青い眸を見ていると、まるでむかしの自分に語りかけている気分だった。

「男の子の母親は、病気を治すために遠いところへ移されて、男の子は母親と引き離されてしまった。そしてずっと、長いこと逢うことができなかった。男の子はたくさん、母親に手紙を書いた。毎日いっぱい祈った。母う……お母さんが、はやくよくなりますように、と。そして男の子が十二歳になった時、母親は病気に勝って男の子のもとに戻ってきた。ところが――」

真剣に聞き入るルネ少年に私も真面目な顔を作った。

「母親はまったくの別人になっていた。病気になる前のやさしかった母親ではなく、厳しくて冷たい、男の子に笑いかけてもくれない母親になってしまっていた。男の子はとても傷付いたし、ちょっぴりだけ泣いてしまったかも知れない。そして男の子は考えた。お母さんはきっと、悪い魔法使いに魔法をかけられたんだ、と」

「ロマの呪術師はそんなことしないよ」

反射的に返してきた子どもに私は少し笑ってうなずいた。こんな小さな子でも、偏見の目は敏感に感じ取っているらしい。

「男の子は母親の魔法を解きたくて、毎日たくさん勉強した。でも方法がわからなくて、ちょっとむしゃくしゃしていた。そうしたら、そこに魔法を解くお姫さまが現れたんだ」

「お姫さま？」

輝く青い眸に私は笑いかけた。あの時の感動を伝えるように。近くでグレンが、……なんかだいぶ端折《はしょ》ったな、とつぶやいたが、うるさいぞ。

「お姫さまは図書館の妖精《ようせい》だった。本の話をたくさん知っていた。でも、それだけじゃない。お姫さまはたくさんの本を読んで、それを書いた人の気持ちを読み取ろうとしていた。そして男の子に、母親の魔法を解く呪文《じゅもん》を教えてくれた」

ジッと見つめてくる眸に私は言葉を重ねた。あの時の彼女を真似《まね》るように。

「大切なものは、目に見えないのです――と」

「『星の旅人』だ」

興奮した声に私はうなずいた。

あの頃、冷静になってまわりを見渡してみれば、見えてくるものは色々とあった。重病にかかった母。王家の直系は私一人しかいないという事実。母にかかる重圧は並大抵のものではなかっただろう。母は私に厳しくせざるを得なかった。将来、国を担う王の子として遜色《そんしょく》のないように。――だれにも、自分のような非難を受けさせないように。

「男の子も、『星の旅人』と同じように、自分が大切なものを見落としていたことに気付いた。そして厳しい母親が、実は、男の子からの手紙をすべて大切に取って、宝物にしていたことを知った。……だから男の子は、それからも母親に厳しくされても平気になった。そして、お姫さまにとても感謝したんだ」

キラキラとした青い眸に私はほほ笑みかけた。ところが、と少し声を低くして続ける。

「今度はそこに、お姫さまを隠してしまおうとする邪魔者が現れた」

「え……っ」

「ロマのきみなら見たことはあるかな。東のはるか彼方《かなた》の国では、焼き物で作った二本足で立つ動物の置物があるらしい。見かけはとても温厚……悪者には見えなくて、のほほんとしたひょうきん者に見える。でも焼き物のように、似ても焼いても食えない、とてもやっかいな邪魔者だったんだ」

「……おまえ」

うるさいというのに、グレン。

「男の子とお姫さまはどうなったの？」

不安げな眼差しに私はやさしく笑ってみせた。

「男の子は、ひっしにお姫さまを迎えに行こうとするんだ。でもいつも、邪魔者が立ちふさがる。しかも、お姫さまは男の子のことを忘れてしまう魔法にかけられてしまった」

「……ずいぶんと都合のいい解釈だな」

グレン、力ずくでその口を閉ざすぞ。

泣きそうな顔の子どもに、私は力強い笑みを向けた。

「でも、大丈夫。男の子はお姫さまのことを決してあきらめなかったし、邪魔者の手から奪い返した。お姫さまも男の子のことを、むかしよりももっと好きになってそばにいることを決めたんだよ」

モゴモゴと、グレンが横を向いて口元を押さえていたので、私はさりげなくやつの片足を踏んづけておいた。ルネという青い眸の子どもを見つめ返す。

この子どもはおそらく、私が父親ではないことはとうに気付いている。はじめは思い込んでいたのだろうが、だんだんとその眸が聡明な輝きを宿していることに気が付いていた。

「――ルネ。大切なものはいつでも目に見えない。きみはきみの、大切なものを見失ってはいけないよ」

小さな子どもは真剣に私の眸から何かを汲《く》み取ろうとしていた。そこに遠慮がちの声がかかる。

「で……クリスさま」

甘味の小袋を持ったお姫さまだった。

「金銭を払っていないのに、またいただいてしまって……。あの、ルネ、くんにいかがかと、思いまして」

エリィはその外見から、甘味好きではないのによくそれを勧められ、茶会などでも苦労している話を聞く。パオロという少年はとうに遠慮なく手を伸ばしており、エリィとルネのうかがうような目が私に向けられてほほ笑みうなずいた。

手を伸ばすルネにエリィが眸をやわらげており、私は少々不安を覚えた。ルネに関して私に許可を求める必要などないのだが……まさか、ほんとうに信じてやしないよなと笑顔の裏で冷汗が流れた。

エリィのことだから、立て続けの出来事にただ驚いて流されているように見えるが、彼女の思考は時々、私もまわりも思ってもみなかった方向へ突き抜けていることがある。

ケロリと、「殿下がお父さまでいらっしゃるのでしょう?」などと言われたら私はたぶん立ち直れない。いやな考えを否定して彼女をうながした。

「エリィ」

夢見るような青灰色の眸が上げられる。透きとおったその眸を見るたびに、感動を覚える。むかしの私は、呼びかけてふり向かせるのに、それは多大なる努力を要したものだ。

「私にもひとつもらえるかな」

「え? あ、はい」

袋を差し出すエリィに両手がふさがっていることを示すと、え? と青灰色の眸が瞬く。目線でうながすと、意図を察したように頬《ほお》が赤くなった。こんな反応も、最近ようやく見せてくれるようになった貴重なものだ。

眸をさ迷わせてためらっていたエリィだが、おそるおそるといった風にフワフワの焼き菓子をひとつ摘《つま》んで私に差し出してきた。

遠慮なく、私はそれを彼女の指ごと口にふくんでいただく。菓子よりも彼女の指を味わっていただくと、案の定、うろたえた反応が返ってきた。

「わわわわたしの指は食べ物ではありません!」

抗議の声を流して細い指を舐《な》め、かるく甘噛《あまが》みしてから離した。真っ赤《まか》になって硬直しているエリィに、ついいたずら心が騒ぐ。

「そう？　こんなに甘くておいしいのに」

絶句した彼女に私は満足した。これなら妙なことを考えたり口にすることもないだろう。

近くでグレンがパオロ少年らと、「オレ……菓子食べる気失くした」「言うな。オレたちには日常茶飯事の光景なんだ」「あー、グレンたちの食事、最近辛みが効いたの多いね」などと口にしていたが……もう一度言う。

知ったことか。

その場を後にして市場から徐々に外れ、ロマの居住区に入り込むと、よそ者には厳しい制限でもって男たちが立ちふさがる。ルネたちロマの子どもがいても、明らかにサウズリンドの人間とわかる異人種に彼らは排他的だ。

何用だ、とすごむ男に気が進まない名を口にした。

「――ニコラ・レッツィ博士に、六年前の借りを返してもらいにきた、と伝えてくれればわかる」

男は胡散臭《うさんくさ》げに六年前の借りだあ？　と繰り返していたが、私たちの身なりを一瞥《いちべつ》してもめ事を起こすのは得策ではないと悟ったらしい。騙《かた》りじゃねえだろうな、と言いながらも引っ込むと、やがて幌《ほろ》馬車の陰から一人の老人を引っ張り出してきた。

「――金髪の騎士さまじゃと？　んなもん、わしの人生で知り合った覚えはないわ。酒をおごらせて借りを作った相手なら星の数ほどおるがな」

ガハハと品のない胴間声《どうまごえ》で現れたのは、痩《や》せぎすの六十代半ばと見られる老人だった。セリフ通りの酒臭い息と赤ら顔で、片手に酒瓶をぶら下げている。ぎょろりと迫力のある目が私たちに向けられ、エリィなどはビックリしたように大きな目をさらにみはっていた。

ため息がもれるのは如何《いかん》ともしがたい。

「相変わらずだな。酒飲みレッツィじいさん」

その目が私を不審そうに見、次にはなんじゃ、と面白そうに返してきた。

「いつぞやの青臭い坊主か。また人生勉強でもしに来たのか？　それにおまえさん、いつの間にロマの子どもなんぞこしらえたんじゃ。青臭かったあの時か？」

私は自身のこめかみが引きつるのを感じた。これだから、この老人に逢うのは極力避けたかったのだ。

そしてエリィ。なぜそんな冷ややかな目で私から距離を置くのかな。

〜・〜・〜・〜・〜

ニコラ・レッツィ博士と知り合ったのは、私が十五の歳だった。

あの頃の私は正式に立太子になることが決まり、それと合わせて起こったやっかいな問題に頭を悩ませられていた。

私の婚約者問題である。

それまでも国内の有力貴族の令嬢が幾人も候補として挙げられてきたが、それらはうまくかわし、かつ大きな芽になる前にひそかにつぶしてきた。しかし、立太子が決まると同時に正式な婚約者がいないという状態は問題視され、今度は私もつぶすのが困難な相手が候補として挙げられてきた。

母方の祖母の生国である南西の海洋国家、ミゼラル公国の第一公女である。

遠い血縁関係にある彼女とは、両国の式典などで数回顔を合わせたことがある。ミゼラル公国自慢の、真珠姫とも称される評判通りの美姫だった。淑《しと》やかで気品があり、頭の回転も速く、出しゃばりすぎずに男を立てる。まさに理想の姫君だった。

私とひとつ違いということもあり、彼女のどこに不満があるのです、と周囲から詰め寄られれば、私とてたやすく反論の言葉は思い浮かばなかった。

かろうじて、母の代と続けて一国と血縁を深めるのは、周辺諸国との軋轢《あつれき》を生みかねない――とおためごかしの理由を述べて濁していた。

あの時の私は、常に苛立っていた。やり場のない焦燥に捉われてもいた。

領地に帰されたエリアーナに面会を申し込んでは断られ、手紙を出そうとすれば、「王家の方からの私信などおそれ多い」と恭しくも封が開けられる手前で配達人がもどってくる。それでもめげずにベルンシュタイン家内部に配下の者を潜り込ませて情報を得たりと、ベルンシュタイン翁《おう》と侯爵、そして私との水面下の攻防は、水面を優雅に泳ぐ白鳥もかくや――という熾烈《しれつ》なものだった。

本来なら息子のためにその権威と強権をふるってもおかしくないはずの父は、当初こそ宰相と狼狽《ろうばい》していたものの、次第に事の成り行きを面白そうに静観し出した。しまいには、「おまえが『サウズリンドの頭脳』を出しぬける日が来たら、私の引退はそう遠くないな」などと、息子のいたいけな恋心を元手になにかを思案する風情だった。

……年頃にありがちな、私の大人への不信感はさらに高まった。

「大人げないと思いませんか……！」

あの頃の私の愚痴の吐き所はテオドール叔父上の元だった。三つ上のアレクセイは外交を学ぶために他国へ遊学に出ており、グレンもまた地方の兵部隊で下積みから修練中の身であり、アランとはまだ出逢ってもおらず、――私の周囲は次期国王という権力に妄執する輩《やから》の集まりにしか見えなかった。

唯一のなぐさめは、三年前に引き裂かれたエリアーナとの思い出だけだったのだ。

しかし、それさえも容赦ない妨害に遭い、彼女にたどり着くことさえままならない。エリアーナはいま、十二。社交界に出てはいないが、年齢的に私と釣り合わないわけじゃない。王子の私の婚約者として召しだしてもなんら問題はないはずだ。

それなのに。

ベルンシュタインの領地の隣に視察に行こうとしただけで、どこから聞き付けどんな手をまわしたのか、正反対の土地へ視察場所が変わっている。ミゼラル大公女との婚約問題は重臣たちの間だけで話をとどめていたはずなのに、なぜか下級役人を中心に話が広まっている。

あげく、先日はのほほんとした狸顔《たぬきがお》で「ご婚約おめでとうございます、殿下」などとぬかしてくれた。私が引きつった笑顔の裏で狸をおろすための刃物を研いでいたのは言うまでもない。

王宮書庫室の叔父上の私室でいつもの愚痴を吐くと、はじめは笑いを噛み殺していた叔父もふと、真面目な顔になった。

「クリス、おまえムキになっているだけじゃないのか」と。

たしかに、私にもその自覚はあった。妨害されるからこそ、意地になっている部分もあるのではないかと。ベルンシュタイン侯爵たちも大概大人げないとも思うが、王家の者のそばに望まれる、ということはその人物の可能性も未来も奪うに等しい。それゆえに侯爵たちはいまのうちに私からエリィを引き離したのもわかっている。

時間が経《た》てば、幼い恋心など風化するだろうと。

「おまえも別に、ミゼラルの姫君で問題があると思っているわけではないんだろう？　そろそろ、幼い執着から一歩前進すべきなんじゃないか」

わかっていた。王家の人間に生まれた以上、政略結婚は逃れられない義務だ。ミゼラルの公女は私の王太子としての地盤を固め、彼女とならば、互いを尊重し合う関係を築くこともできるだろう。

エリィにこだわっているのは私の我儘《わがまま》にすぎない。しかし、それでも。

「……私は、エリィに対するような感情は、彼女には抱けない」

母との確執を解いてくれたから。自分とはまったく違う考え方をする彼女に惹《ひ》かれたから。――理由なんて、きっといくらでも後付けできる。

それでも、エリィに対する想《おも》いは他のだれに抱くものとも違うのだ。

私の若さを叔父上は困ったように苦笑して見ていた。

もてあました苛立ちを抱えて護衛をふりきり、古参の侍従だけを供に馬で遠乗りに出掛けた。そうして目にしたロマの市場に、エリィとの思い出がよぎった。

あの頃、彼女のことを知りたくていつもあれこれと試行錯誤を繰り返していた。甘い菓子が苦手だというのもあの時に知った。カエルで驚かせてみようかと子どもながらの発想は、ある日、どこからか飛び込んできたバッタをひょいと摘《つま》んで外に逃がしていた光景を見て取り止めた。

『――エリアーナは、どこか行ってみたいところはないの？』

私としては、なんとか本よりも自分のほうをふり向いてほしくてひっしだった。そして、図書館以外の場所に連れだしてみたくてしかたなかった。

すると、小さなエリィはめずらしく自分の願望を口にした。

『書物の市場に行ってみたいのです』と。

三年に一度開かれる、シスルの星が持ち込む書物の市場。そこに一度でいいから行ってみたい、と。

『行こうよ。僕と一緒に行こう、エリアーナ』

勇んで誘いかけた私に、エリィは悲しそうに首をふった。お父さまや家の者が絶対にダメだと言う。

『この前、お兄さまが内緒で出掛けたら、よけいに厳しくダメだと言われたのです。ロマの人に近付いてはいけない、って』

どうして？　と訊《き》いてもエリィも理由がわからないようだった。ただあの頃の私には、父親の言い付けを破らせるほどの誘因力がないと思い知らされただけだった。

その市場を目にして好奇心がわいた。いい顔をしない侍従を尻目《しりめ》に馬を預けて市場に踏み込んだ。

そうして出逢ったのが、酒飲みのレッツィじいさんである。貴族に絡まれていたのを見かねて仲裁に入ると、なぜか未成年の私を酒場へ連れ込んで酒盛りをはじめてしまった。

はじめは、こんな酒飲みのじいさんがあのシスルの星だとは思いもしなかったのだ。だが、話しているとただの酔っ払いとは思えない知識が次々に出てくる。そして名前を聞いて驚いた。

それは私が教材として使用している書物の著者と同じ名前だったからだ。

「あり得ない……」

思わず愕然《がくぜん》とした私にレッツィじいさんはフンと鼻で笑った。

「青臭いひよっ子じゃな。おまえさんの世界はまだまだ狭すぎる。堅苦しい固定概念に捉われてばかりじゃ。そんなだから、その娘っ子の親父という狸にも、いいようにあしらわれるんじゃよ」

それは事実だったので、グッと悔しさを噛み殺した。

「……どうしたら勝てる」

「んなもん知るかい。好きな娘の一人や二人、自分の力で取り戻さなくてどうする。腰ぬけ腑《ふ》抜《ぬ》けのひよっ子が」

先から王子の私に向かって言いたい放題である。もちろん、身分は明かしていないのだから当然ではあるし、私も別にこの老人に敬意を払ってほしいわけでもなかったのだが。

歯噛みする私に老人はもう一度鼻を鳴らすと、ロマの人間らしい言葉を口にした。

「星めぐりというもんがあるんじゃ。おまえさんとその娘っ子の星がめぐり合う時がいつか来る――かどうかは、わしゃ占星術師じゃないから知らんわい。だが、その時のために力を磨くのが、青臭い若者のすることじゃろうが」

私は少しこの老人を見直すことにした。悩める若者に助言らしいことも言えるではないか。

同時に、抱えていた焦燥が少しだけ、なぐさめられた気がした。だれもがエリィに対する気持ちは幼い恋心だという。子どもじみた執着だと、時が経てば思い出になるものだと。

そして、私自身もそれに流されそうになりながら、それでもどうしても色褪《いろあ》せない想いとの狭間《はざま》で葛藤《かっとう》していた。

それが、はじめてあきらめなくてもいいのだと言われたようで、渦巻いていた苛立ちが静まっていくのを感じた。ようやく冷静に、いまの自分に必要なものはなにか、ということを考えられるようになった。

いまの自分では隠れ名を持つ古狸たちには勝てない。ならば、いつか来る時のために力をつけようと思った。

次に出逢った時には、決して引き裂かれないように。――今度こそ、彼女をつかまえてみせる。

肚《はら》が決まった私は、ミゼラル公国公女との婚約話をきっぱり断って消し去り、狸たちに必要以上警戒されないよう、表向きの接触は我慢した。――裏ではもちろん、エリィの情報は常に手に入れていたが。

そうしてさらに二年がすぎて、彼女が社交界デビューするのを待ち構えていた私は、用意万端整えていた罠《わな》――ゴホン。根回しでもって、エリィを婚約者の地位に据えることに成功した。

しぶとい狸たちからは条件がつけられたが、力をつけはじめた私なら問題ないと思っていた。……あの時は、まさかエリィが私のことを忘れているなんて、思ってもみなかったのだ。

ちなみに、ニコラ・レッツィにはあの日、人生勉強と称して有り金をすべて酒代の支払いとして巻き上げられた。

あの老人が未成年の私を酒場へ連れ込んだのは、身なりを見てタカレる、と踏んだかららしい。

あの日、私はあらためてもう一度学び直した。

――大人なんて信じない。

4、怒れるお姫様

人生勉強？　とわたしが首をかしげると、レッツィ博士と呼ばれたご老人が特徴のある目でわたしをジロジロとながめまわしました。

「ふん。嬢ちゃんが、ひよっ子坊主が狸《たぬき》から取り戻そうと躍起になってた娘っ子か。坊主のむかし話を聞くか？　酒代出すなら、坊主のあることないこと話してやるぞ」

あることないこと？　狸？　とふしぎな単語にわたしが目をしばたたいていると、殿下がわたしの前に割って入りました。

「どちらも大きなお世話だ、レッツィじいさん。エリィにまでたかるな」

「なんじゃい。図体がでかくなりおったら態度まででかくなりおって。それともあれか？　好きな娘っ子にないことないこと話されたくないっちゅーカッコつけか？」

「ホラしか吹き込む気ないだろうが！」

殿下、お言葉が乱れておりますが……。

気配を荒立てた殿下にご老人はカラカラと笑っており、アランさまが「テオドールさまに通じるものがあるなあ」とつぶやいていました。

「あの……シスルの星の方でいらっしゃいますか？　わたし、エリアーナ――と申します」

家名を名乗るのはためらわれました。パオロ少年は知らなかったようですが、わたしがサウズリンドの王太子殿下の婚約者であることは大人の方ならほぼご存じのはずです。身分を明かすのは、殿下の正体も告げるのと同義だと思いました。

ご老人はなにやら違った興味を示すようにわたしをながめていました。「嬢ちゃん、どっかで……」とつぶやくご老人を殿下がうながしています。

「ともかく、話がある。レッツィじいさん。ロマの族長のところに案内してくれ」

「族長じゃと？　なんじゃ、サウズリンドの騎士さまがロマの族長に殴り込みか？」

とたんに、周囲にいたロマの男の人たちが殺気立つのがわかりました。護衛の二人もとっさに身構えて剣の柄に手をかけ、グレンさまが制されています。

殿下のため息が響きました。

「話がしたいだけだ。聞きたいこともあるし、ちょうどいい機会だから、話を通しておきたいこともある。酒代をたかってきた相手への奉仕だと思って仲介しろ」

おまえさんには一回しかたかった覚えはない、割りに合わんわい、とぶつぶつぼやくご老人をよそに、殿下はルネ少年を腕から下ろすと、頭をなでて言い聞かせていました。

「ルネ。先にお母さんのところへ行っておいで。後から私たちも行くから」

不安そうに青い眸《ひとみ》がゆれましたが、しっかりうなずき返しました。殿下とルネ少年の間には短時間で見えない絆《きずな》ができたようです。

わたしはなんだかモヤモヤする胸中を抱えて殿下にたずねました。

「で……クリスさまは、なぜシスルの星の方と知り合われたのですか？」

「え……ああ、いや。ちょっと、むかしね」

なぜだか言葉を濁してほほ笑まれました。わたしには話せないことなのでしょうか。

行こう、エリィ、と手を繋《つな》がれようとされたので、とっさにわたしはその手を避けてしまいました。

「エリィ？」

「あの……わたし、ルネ、くんに付き添います。でん……クリスさまは、ご自分の御用をお済ませになられてくださいませ」

わたしの家のことはわたしが対処すべきことなのに、変に頑《かたく》なな思いに捉われていました。かるく礼を取るとわたしはルネ少年の手を取ってその場に背を向けました。驚いたように呼びかける声がしていましたが、なぜかいま、殿下のおそばにいることができませんでした。

ロマの市場に来てから、わたしはいままで見たことのない殿下のお姿に驚かされ、さらにわたしの知らない殿下の過去を垣間見て、言い知れぬ不安がつのるのを感じていました。

自分と違う一人の人のことを、すべて知ることはできません。殿下とわたしは、育ってきた環境も生まれも違います。わたしも、いまモヤモヤとした気分は、殿下のすべてを知りたいという気持ちとは、少し違うと思います。

ただ、わたしは殿下に関して知らないことが多すぎるのではないか……と思ったのです。

不安を覚えてしまうその根底にあるのは、やはりむかしのことをいまだに思いだせないことからくる、自分への自信のなさでした。

殿下はため息をついて仕方なさそうにわたしを見ており、護衛の二人だけがわたしの後についてきていました。

「――エリアーナさま」

そこにかけて来られたのはアランさまです。

「ボクちょっと用事を言い付けられたんでおそばを離れますけど、エリアーナさまは護衛から離れないでくださいね」

「はい」

アランさまは少し苦笑するようなお顔でわたしに言いました。

「エリアーナさま。一人で悩まないで、不満も不安もちゃんとクリスさまに言ったほうがいいですよ。でないと、グレンが八つ当たり対象でそのうち髪の毛薄くなっちゃうから」

茶化してアランさまはパオロ少年になにかを誘いかけると、二人で連れ立って去って行かれました。

見送るわたしに、ルネ少年が「お姉ちゃん」と声をかけてきます。

ためらうように小さな口を開きかけたそこへ、さらに新たな声がかかりました。

「ルネ。――ルネ」

繋みの陰から数人の子どもが真剣な顔つきでルネ少年を手招きしています。ルネ少年が手を繋いだままのわたしと近付くと、警戒するように子どもたちが逃げるので、わたしは彼らの視線の先、二人の護衛に少し距離を置くようお願いしました。

渋い表情をされましたが、彼らが離れると子どもたちは安心したようにかけよってきました。

「ルネ、おまえら捕まったんじゃなかったのかよ」

「パオロどこ行ったんだ？　一緒じゃなかったのか？」

立て続けに質問を浴びせる子どもたちはパオロ少年と同じくらいの少年たちでした。どうやら先に一緒に盗みを働いていた子たちのようです。ルネ少年がうん、と少し明るい声で答えました。

「たすけてもらったから、もうだいじょうぶ。お母さんのことも引き受けるって、言ってもらったんだ」

それは先に食事処を後にする際、殿下がルネ少年に約束されていたことでした。病気のお母さんのことは、私がきちんと引き受けるよ、と。

すると、子どもたちが顔色を変えて目を交わしだしました。

「ルネ……。落ち着いて聞けよ。オレたち、おまえとパオロが貴族っぽい人に捕まったところまで見てたんだ。それでとりあえず、あのモグラ貴族がやって来るのを待って、ルネたちが捕まったからもう言うこと聞けない、って言ったんだ」

そしたらさ、と子どもたちは気まずそうに年下のルネ少年をうかがう目付きでした。

「モグラ貴族のやつ、ルネたちが捕まったのがロマの人間じゃなかったことにいきなりあわてだしてさ。私はベルンシュタインだ、他によけいなことは言うな、そう伝えろ、って……今日医者に見せてくれるはずだったルネの母ちゃんを閉じ込めちゃったんだよ」

「え……っ」

「なんかヤバいだろ？　証拠も消せ、って本を焼く準備もしててさ。オレたちもひとまず族長に相談しようと思って、もどってきたんだ」

「ごめんな、ルネ。マリッサ母ちゃんのこと守れなくて……」

ルネ少年は蒼白《そうはく》になっていましたが、同じくらい、わたしも聞き捨てならない言葉にふるえ上がっていました。

「本を焼く……？」

ルネ少年の母親を閉じ込めたというのは、まず間違いなく、自分に都合の悪いことを話さないよう、人質に取ったという意味でしょう。そして証拠を消すために本を焼くなどという蛮行に及ぼうとしているとは、もはや人類とは呼べません。動物以下――いえ、鬼畜のする所業です。

「どこですか！　その貴族のいる場所は」

わたしの剣幕に少年たちはおびえたようにたじろぎました。ボクが案内する！　とルネ少年がわたしの手を引いてかけだし、わたしも後をふり返らずに続きました。

「エリアーナさま……!?」

護衛の二人の驚愕《きょうがく》の声と、少年たちの声が重なります。

駆け付けようとした護衛たちが、ロマ以外の大人を警戒していた少年らによって追跡を邪魔された様子を背後に聞き取りました。

わたしはルネ少年と手を繋いでいたために仲間内と見なされたようです。説明したいのは山々でしたが、それよりも本を焼くなどという蛮行を一刻も早く止めなければという思いにかられて、他《ほか》のことを省みる余裕がありませんでした。


ロマの居住区があった森の中をかけて、いくらも行かないうち、打ち捨てられたような屋敷が現れました。元は貴族の私邸であったようで、外観は荒れ果てていますが大きな体裁を保っています。

その庭の一角に男たちが数人集まっており、足元には大量の本が積み上げられていました。いまにも火を付けられそうなその雰囲気に、わたしはふるえ上がります。

走ったために上がった息遣いのまま、その場へ踏み込みました。

「――お待ちなさい!」

突然のわたしの乱入に、男たちは驚いたようにふり返ります。その中の一人、貴族らしい身なりをした男性に、わたしは覚えがありました。

怒りのまま、その名前を口にします。

「なんて非道な真似《まね》をしているのです！　モグラ男爵！」

「モーズリだ！」

反射的に言い返してきた男性は、わたしがあまり出ない社交界でもたまに顔を出すと殿下の周りから離れませんので、お顔を覚えていました。しかし、いまはお名前などどうでもいいのです。

「本を焼くなんて、動物以下の所業です。決して許されることではありません！　ゴミ虫以下です。恥を知りなさい！」

「ゴ、ゴミ……」

こんな暴言を浴びせられたことはないのでしょう。男爵はたじろいでいましたが、わたしは言葉を取り消すつもりはありませんでした。

「ロマの子どもたちを使って本を盗み、我が家の名を騙《かた》った事実も明白です。潔く罪を認め、ルネくんのお母さまを引き渡しなさい。いまならまだ、情状酌量の余地もあります」

するとと男爵は引きつった顔で反論しました。

「突然、このような場所に現れてなにをおっしゃるかと思えば……。エリアーナ嬢におかれましては、失礼ながら悪い夢でも見られたのか、それともロマの子どもなどという、根なし草の民の言うことを真に受けられたのですかな。いやはや。王太子殿下の婚約者がロマの民などと関わりを持ち、その言葉に惑わされるとは。これは大変な問題ですな」

次第にその口元にはニヤニヤといやらしい笑みが浮かびはじめました。わたしは毅然《きぜん》と返します。

「では、そこにある書物はどう説明づけるのです」

「これは私が買い求めたものです。私の本をどう扱おうが、それは私の勝手というもの。いくら『虫かぶり姫』と称されるお方でも、指図されるいわれはありませんな」

そこにルネ少年の声が出ました。

「違うよ！　その人がボクらに本を盗《と》ってこい、って命令したんだ。自分はベルンシュタインって貴族だって名乗ったよ！」

男爵はその言葉にも笑って肩をすくめるばかりです。

「根なし草の民の言うことなど、どこの貴族が聞き入れると言うのです。まして子ども。証言としてはまったく当てになりませんな。そんな子どもの言うことを盾に私を訴えようとされても、あなたさまの評判を貶《おとし》めるだけですぞ」

それよりも、と男爵の目がいやらしくわたしを捕らえました。

「取り引きをしませんかな、エリアーナ嬢」

取り引き？　とわたしが眉《まゆ》をひそめると、男爵はさも名案だとばかりに言い出しました。

「王太子殿下のご婚約者であるあなたが、ロマの民などと汚らわしい者たちと関わり合ったことは、私の胸に秘めておきましょう。その代わり、いま始めたあのくだらない施策を取り止めていただきたいのですよ。あんなものに予算を回されて、バース商会との商談をふいにするなんてまったく信じられん。バース商会はいま、新しい武器の製造に着手しようとしているのですぞ」

興奮気味に男爵は身を乗り出してきました。

「他国に渡される前に、なんとしてでも我が国で独占すべきです。これは国の未来のためです。エリアーナ嬢。低層階級のご機嫌取りなどより、国の将来をお考えになっていただきたい」

はい……？

モグラ——モーズリ男爵のおっしゃることは、わたしには意味不明なことばかりでした。それでも、ひとつだけわかっていることはあります。

「モーズリ男爵。わたしは国の将来を考えるなら、武器よりも本を、人を殺《あや》める武器の開発よりも、人の病を治すための研究に費用を充てるべきだと思います。——先人が言っています。本を焼くところでは、ついには人をも焼く——と。そのような国にしてはいけないことだけは、わたしにもわかります。あなたとの取り引きには応じられません」

カッとしたようにモグラ顔に怒気が走りました。

「殿下の威光をかさに着ているだけのくせして、小賢しいことを。ならば、力ずくでお聞き入れいただくほかありませんな」

男爵が周囲の私兵らしい男たちに合図しますと、彼らが剣を抜き放ちました。とっさにわたしはそばのルネ少年を腕に抱きしめ身構えます。

近付く私兵に剣を向けられて、後ずさったその時でした。

「――そこまで」

凛《りん》としたお声がかかりました。

姿を見せられたその一瞬で、場が制されたのがわかります。男爵が口をあけて呆《ほう》け、私兵たちもその視線に射竦められたように固まりました。

悠然と、殿下がグレンさまたち護衛を引き連れて現れます。近くに案内役らしい子どもたちの姿も見えました。

「ク、クリストファー殿下……。なぜここに」

泡を食ったようにうろたえる男爵に殿下が冷ややかな微笑を見せられました。

「心外だな。私がエリィを一人で危険に立ち向かわせるはずがないだろう。モーズリ男爵」

「わ、私はなにもしておりませんぞ！　殿下、どうかロマの子どもの言うことなどに耳をお貸しにならないでください。こやつらは国を持たずに放浪し、サウズリンドにもいつ仇《あだ》なすやも知れない汚《けが》れた民です。国に忠義を尽くす貴族の私とどちらが信用に足るか、聡明な殿下ならばおわかりのはず！」

「――そなたの言い分はともかく」

殿下のお声は底冷えするような冷たさをはらんだものでした。あざやかな青の眸も怖いぐらい厳しく男たちを見据えています。

「私の婚約者に剣を向けている、いまの状況がなにより問題だと思うけれどね」

ハッとしたように男爵が狼狽《ろうばい》し、殿下のお声がさらに追い詰めました。

「それに、そなたはやたらとロマの民を蔑視《べっし》しているようだが、ロマの民であるシスルの星には私の知人もいる。私は彼らの言い分にも、きちんと公平に耳を傾けるよ」

殿下が合図されて、固まったままの男爵とその私兵がグレンさまたちに捕らわれました。男爵は悪あがきのようにわめいています。

「あなたはお甘い、クリストファー殿下！　国のためになにが必要なのかがお分かりにならないのですか！」

「――ひとつ言い忘れていた。モーズリ男爵」

殿下のきらきらしい笑顔が男爵に向けられました。

「そなたが絶賛していたバース商会の武器製造だが――。なんでも、手酷《てひど》い詐欺に遭ったそうだよ。武器開発に関しては右に出る者なし、というふれ込みで開発にたずさわった老人が描いた図面が、仕上げてみると武器としては成り立たない欠陥品と判明したそうだ。それに気付かず大量製造したバース商会は、いま破産の憂き目に遭っているらしい。しかも、図面を描いた老人には高額の酒代をふんだくられて逃げられたとか。――世の中には、困ったご老人がいるものだね」

「そんな馬鹿《ばか》な……」

その話は男爵にとってとどめに等しかったようで、もはやわめくこともなくぼうぜんと気抜けした様子でした。

あれー？　とそこに呑気《のんき》なお声がかかります。王都の警邏隊《けいらたい》を引き連れた、アランさまとパオロ少年でした。

「なんだ。捕り物終わっちゃったの？　ボクの出番ナシ？」

遅い、と殿下が一言断じられ、アランさまが不満げにぼやいていました。これでもかなり急いだんだけど、と。

「――エリィ」

歩み寄った殿下に見つめられ、わたしはビクリと身を引きました。あれほど色々と言われていたのに、一人で勝手な行動をしたわたしに、殿下はお怒りか失望されているのではないかと。

まったく、とため息をついた殿下が手を伸ばしてわたしを引き寄せ、やさしく抱きしめられました。

殿下の鼓動と体温をすぐそこに感じて、瞬時にわたしの鼓動もはね上がります。

「ほんとうにきみは目が離せない。王子を待たずに悪者のところに乗り込んでいくお姫さまなんて、そうそういないよ」

そう言っておかしそうに笑われます。ほんとうにきみは変わらない、と。

「……あの、怒ってらっしゃらないのですか」

おそるおそるたずねたわたしに、殿下の片眉が上がります。そう見える？　と。

青い眸は真剣にわたしを見ていて、決して怒っていないわけではないのだとわかりました。謝ろうとしたそこに、「ルネ」とパオロ少年の声がします。

わたしと一緒に殿下に抱きしめられていたルネ少年を呼ぶ声でした。

「マリッサ母ちゃん、この屋敷の中にいるって。行こうぜ。おまえが顔を見せないと、マリッサ母ちゃんが心配するだろ」

急いでかけだす子どもたちを見て、わたしも殿下に手を取られて後に続きました。

5、目に見えない大切なもの

一室の中には簡素な寝台があり、そこに横たわった女性を認めてルネ少年が急いでかけよりました。

「お母さん……！」

やつれた面立ちの、明らかに病魔に侵されていると素人《しろうと》目のわたしにもわかるロマの女性でした。

子どもの声に目を上げると、懸命に安心させるようにほほ笑もうとしています。

それは、わたしの記憶の琴線にもふれる光景でした。

ルネ少年はそんな母親を見て泣きそうな顔をグッとこらえると、ボクね、と話しはじめました。

「サウズリンドの騎士さまに逢《あ》ったよ。ボクと同じ青い目をした、立派な騎士さま。ボクのお父さんだと思った」

「ルネ……」

「騎士さまはむかし話をしてくれた。青い目をした男の子とお姫さまの話。お姫さまが、お母さんにかけられた魔法を解く呪文《じゅもん》を教えてくれるんだ。『大切なものは、目に見えない――』って」

『星の旅人』です。小さな頃《ころ》、わたしも母に読み聞かせてもらいましたが、あの話に青い目をした男の子とお姫さまの話なんてあったでしょうか。

それになんだか、記憶をくすぐられるお話です。むかしに、だれかとそんな話をしたような――。

ルネ少年は目に浮かんだ涙を一度グイと袖でぬぐいました。そして懸命に母親に笑いかけました。

「お母さんは、ボクがいつもお父さんの話をねだるから、サウズリンドの騎士さまと舞姫の話をしたんだね。……ボクね、ほんとうはわかってた。ボクのお父さんは、ほんとうはもう、どこにもいないんだって」

眸《ひとみ》をゆらして子どもを気遣う母親に、ルネ少年は小さな手で強く母親の手をにぎりしめました。

「騎士さまは言ってたよ。ボクはボクの大切なものを見失ってはいけない、って。だからボクも、『星の旅人』みたいに真実から逃げない。だってボクは、真実を追求し続けたシスルの星の血を引く、ロマの人間だもの」

あら、とわたしはむかしから抱えていた疑問の答えをもらった気がしました。

ルネ少年の母親はそんな子どもを愛《いと》しそうに抱きしめており、わたしも亡くなった母を思いだして胸が熱くなる思いでした。

そこに殿下がルネ、とやさしく呼びかけます。ふり返った母子にあたたかい笑みを向けられました。

「サウズリンドでは、つい十日ほど前から新しい施策がはじまっている。医者と薬師を集めた低所得者向けの施療院と、併設した医療の研究を専門にする機関だ。国が運営する施療院だから、技術と腕前は保証する。きみたちロマの民でも問題なく利用できるよう、解放しているよ」

「ほんとう……⁉」

目を輝かせてたずねるルネ少年と、マジかよ、とビックリしたような顔のパオロ少年でした。しっかりとうなずかれる殿下に、わたしも驚きとともに歓びがわき上がるのを感じていました。

そして殿下は続けてとんでもないことを言い出しました。

「運営しているのは国だけれど、責任者の名前にはエリアーナ・ベルンシュタインの名がある。きみたちは貴族に脅されてまだ不信感もあるだろうけれど、エリィのことなら信じられるだろう？」

はい？

「殿下……あの、いったいなんの話ですか」

「うん。施療院の話だよ」

いえ、そうではなく。

困惑するばかりのわたしに殿下はにっこりほほ笑まれました。

「発案者はエリィだからね。実際に現場でなにかをする必要はないけれど、責任者として名前が出ているのは留意しておいてね。さっきロマの族長に話したらシスルの星も興味を示してたから、彼らの知恵も借りて、医療研究の切磋琢磨《せっさたくま》に励んでもらえるといいね」

わたしはなにをどう問いかけたらよいのかわからず、口の開閉をするばかりでした。殿下はクスリと笑って教えてくれました。

わたしと出逢《であ》ったむかしに、そういう話をしたのだと。

図書館で本を読み続けるわたしに、殿下がある日問い掛けられたそうです。

『――エリアーナは、なぜそんなに本が好きなの？』と。

血筋だから、とか、そこに本があるから、とか答えられたらどうしようと内心冷汗をかかれたそうです。本から顔を上げたわたしは少し考え、書架の間に眸を配らせたとか。

『お母さまを探しているのです』と。

『……お母さんを？』

『はい。――わたしの母は、三年前に亡くなりました。わたしは母に関する思い出がほとんどありません。だから、母が好きだった本を読んで、その本のどこを母が好きだったのか考えるのです。他《ほか》の……たとえば戦記物を読んだら、母ならどう考えるだろう、これを書いた人はなにを思ってこのお話を書いたのだろうと考えるのです。そしてわたしなら、戦記物を読んだら、戦で亡くなった人たちを悲しいと思う。傷付けられたら痛いと思う。自分の身に起こってはほしくないと、そう思います。そうやって、本を書いた人と、母と、わたしはお話をしているのだと思います』

そう言って、その時読んでいた本の表紙をそっとなでたそうです。それに、と。

『あの時、ほんとうに母の病を治す方法はなかったのか、どうしても探してしまいます。だから、本の図書館があるように、お医者さまの図書館もあればいいのに、と思います』

『医者の図書館？』

ビックリして問い返した殿下に、小さなわたしはもう一度本に眸をめぐらせたそうです。

『お医者さまや薬師の知識や技術は、とても貴重なものだと聞きます。でも、ずっとむかしは、書物もとても貴重なものだったそうです。その時代の人ならきっと、図書館ができるなんて信じられなかったと思います。……同じように、貴重なお医者さまの図書館ができたら、難しい病を治す方法も見つかるかも知れないし、わたしの家のように、お母さまを亡くして悲しむ人も少なくなるかも知れないって……思ったのです』

殿下は、自分とはまったく違う考え方をするわたしに、あらためて驚かされたそうです。

自分は、母親の病気が癒《い》えてよかったと安堵《あんど》するだけで、目先の問題にばかり気持ちを奪われている。けれど、わたしはそこから違う発想をして、同じように悲しむ人の気持ちを考えて提案することができる。自身の狭い視野にも気付かされたのだと。

「そのような……」

大げさではないかと、わたしは身が引けました。殿下は笑んで首をふり、繋《つな》いだ手にやさしく力を込めました。

「私では思い付かない発想や、傷付いたり悲しむ人の気持ちに寄り添うエリィに惹《ひ》かれたんだ。医者や薬師の知識を持つ人材を集めて育てるのに十年近くかかったけれど、やっと実現できた。医者の図書館だよ、エリィ」

わたしはあらためて、言葉にできないくらい感動していました。殿下はいつも、わたしとの思い出を大事にいまに繋げてくれています。それなのに、思いだせないわたしはほんとうになさけないです。

「先々月の、クルグ地方の医療技術更新がきっかけになって、発足に踏み切れた、というのもあるけれどね。モーズリ男爵は、それでベルンシュタインの名を騙《かた》ったようだ。サウズリンドの者なら、ベルンシュタイン家が本を盗むなんてだれも信じやしない。でも、ロマの人に広めれば、やはり貴族は信用できない、と施療院の評判も落ちていたかも知れない。……まあ、ロマの人には別の意味で有名だったのが、男爵の誤算だろうね」

なるほど、とわたしも納得しました。ベルンシュタインの名を貶《おとし》めることで、施療院や医療機関の施策を失敗に向かわせたい思惑があったようです。

そして、まだひとつ解決されていない謎《なぞ》があることも思い出しました。しかし、それを口にする前にパオロ少年の気抜けしたような声が出ました。

「なんだよ、姉ちゃん。恋人同士か自信がないなんて言ってたけど、どっからどう見てもアツアツじゃんか」

とたんに、殿下の眸に鋭さが走りました。

「へえ……。エリィ、自信がないなんて言っていたの」

「あの……それは」

腰が引けて逃げだしそうになりましたが、手を繋がれているためにそれはままなりませんでした。

うん？　と殿下の眸が逃がしてはくれず、わたしは先にアランさまに言われたことも思いだしていました。

「エリィ、言って。なぜ自信がないなんて思うの？」

殿下のお声がやさしくて、わたしはなおさら自分がなさけなくて、変に泣きだしたい気分になりました。迷いながら、抱えていた不安を口にしました。

「わたし……先日からずっと考えているのですが、思いだせないのです。むかし、殿下とお逢いした時のことを」

「エリィ……」

「申し訳ありません。殿下はこうして、わたしとの思い出をいまでも大切にしてくれているのに……」

思いだせないわたしが恋人などと名乗ってもよいものなのでしょうか。

泣きそうな思いを唇を引き結んでこらえました。眸も落としたわたしは、次の瞬間、殿下の歓喜の声と笑い声で強く抱きしめられました。

息も止まるほど驚いて目を上げたそこに、殿下の口付けが額に落ちていました。

「で、でで……」

人前なのですが、殿下！

「エリィ！　エリアーナ！」

わたしを抱きしめたままクルリとその場で一回転もされ、わけがわからず、殿下のいままでにない上機嫌に圧倒されていました。

部屋の戸口付近ではアランさまたちが顔を見合わせてつぶやいています。壊れた、と。

「エリィ。うれしいよ。こんなにうれしいことってない。まさか、あのエリィが思いだそうと努力してくれていたなんて！」

……あの、とはいったいどのような意味か、おうかがいしてもよろしいでしょうか。殿下。

子どものようにはしゃいでいる殿下にわたしはポカンとしてしまいましたが、なぜだか殿下の上機嫌につられて心が軽くなっていくのを感じていました。

思いだせないわたしも受け容《い》れてくださっていた殿下なら、わたしが気にかけていたことなど、ほんとうに些細《ささい》なことだったのでしょうか。それよりもこうして、不満も不安も口にして伝えるほうがずっと大事だったのではないかと、あらためて学ばさせられる思いでした。

なんだよ、姉ちゃん、とまたそこにパオロ少年の声が割って入ります。

「兄ちゃんのこと思いだせなくて悩んでたのかよ。そんなの、口付けすりゃ一発だろ」

はい……？

「だって、むかしから言うじゃん。お姫さまの魔法は王子の口付けで解けるって」

からかう口調のパオロ少年と殿下は一度目を交わすと、ニヤリというような笑みを浮かべられました。

「だ、そうだよ。エリィ。試してみようか」

わたしは瞬時に頭から湯気も出そうなほど沸騰する思いで、ひっしに殿下の腕の中で抗《あらが》っていました。結構です！　と。

小さく笑う母子のほうから、ルネ少年の無邪気な声が出ました。呪文は？　と。

「お姫さまは男の子に、魔法を解く呪文を教えてくれたんでしょ？　お姫さまの魔法も、呪文で解けるんじゃないの？」

輝く青い眸を見つめ返して、ふいに、わたしの中で何かがパチンとはじける思いでした。ほんとうにそれは唐突なさまで、わたしも目をみはってぼうぜんとしてしまいました。

「呪文……」

晴れ渡った青空色の眸がわたしを映していて、あの時に交わした言葉と少年が突然、目の前によみがえりました。

「……秘密の呪文を、次に逢った時に教えてくれると、約束しました。あの時の……」

まばゆい金の髪とあざやかな青い眸が目前の殿下と重なって、ぶれもなく一致するのを感じました。

わたしが思いだしたのを眸の色で察した殿下が、エリィ、とそれはうれしそうに表情をほころばせ、わたしもうれしくなってしぜんと笑顔がこぼれました。

「思いだしました――」と。

心からあたたかい気持ちになって、二人だけの思い出を共有するように、笑顔で額が重なりました。

～・～・～・～・～

それから、ルネ少年たち母子とパオロ少年はその場でアランさまたち警邏隊《けいらたい》に一任され、施療院まで送ってもらう手筈《てはず》となりました。わたしは後日、様子を見に行くことを約束して別れ、いったんロマの居住区へと戻りました。

モーズリ男爵が子どもたちを使って盗んだ本を返却にうかがったのです。

その途中で我が家とロマの人たちの因縁を聞いてみると――。

「フレッドが九年前にやらかしたらしい」と、殿下が苦笑でロマの族長から聞いた語り草になっている話を教えてくださいました。

九年前、父の言い付けを破ってロマの市場に来た兄は、書物の山を見てそれは興奮したそうです。わたしのように片っ端から買いあさりたかったそうですが、少年だった兄には手持ちがなく、困り果てていたところに荒くれな男たちが悪ふざけで賭《か》け事を持ちかけたのだとか。

わたしはよく知りませんが、殿方の間では賽子賭博《さいころとばく》というのは有名だそうで、庶民の間でも頻繁に行われる遊びだそうです。

男たちは兄に、『オレたちに勝ったら書物を買う金をやる。だが負けたら、その高そうな服を全部脱いで置いていけ』と、からかったそうです。男たちは明らかに貴族の子どもとわかる兄で遊ぶつもりではじめた賭け事だったらしいですが、ここで誤算が生じました。兄が意外な才能を発揮して連戦連勝を続け、男たちから膨大な金銭を巻き上げたのだとか。

「まあ……」

わたしはあっけに取られました。兄に賭け事の才能があったなんて知りませんでした。殿下は笑いを噛《か》み殺して続きを教えてくれます。

ついには、賭け事を取り仕切る元締めまで出てきて勝負したそうですが、それにも勝ってしまい、兄は一日でロマの荒くれな男たちの間で有名人になったそうです。以来、『ベルンシュタインと名乗る人間が現れたら要注意』がロマの人の中で浸透したらしく、おそらくその事実を知った父がロマの人に近付いてはいけない、と言い付けたのではないか、という殿下のお話でした。

わたしが本日何度目かわからずポカンとしていると、殿下と一緒にロマの族長に話を聞いたグレンさまが、「俺《おれ》はフレッドのやつとだけは絶対に賭け事はしない」と宣誓するように口にされていました。

そしてレッツィご老人に本を返却していますと、ここでも意外な話が飛び出してきました。

「――嬢ちゃん、どっかで見たことがあると思ったら、二十年近く前にわしらのところに乗り込んできた貴族の奥方そっくりじゃわい」と。

はて、と目をしばたたくわたしにご老人は教えてくれました。

二十年近くむかしに、とある貴族の男性がやって来て、シスルの星と意気投合したことがあったそうです。その男性はシスルの星の学識者たちにも劣らぬ知識を持ち、たちまち知恵比べや学説、論文の話で盛り上がって時が経《た》つのも忘れ、そのまま一晩を明かしたのだとか。

するど翌朝、無断外泊した男性を心配して血相を変えた身重の奥方が乗り込んでき、その場で男性をこんこんとお説教しはじめたそうです。シスルの星にも劣らない知識を持つ男性が奥方には頭が上がらない様子でお説教されていた姿は、これまたシスルの星の間で語り草になっているのだとか。

レッツィ老人はおかしそうに思いだし笑いをされていました。

「あれ以来、とんと姿を見ないから、奥方に禁止令でも出されたんじゃないかのう」

……あらまあ、とわたしは非常によく思い当たる人物に沈黙するしかありませんでした。殿下はなにやら人の悪い笑みで、「……狸《たぬき》への意趣返しができるな」とつぶやいておられましたが、なんの話でしょう。

最後にわたしは長年の疑問をレッツィ博士にたずねてみることにしました。

「――『星の旅人』は、シスルの星が書かれているのではないですか」と。

殿下の視線を感じながら、わたしはご老人の目を見つめ返しました。

「ルネくんが言っていました。シスルの星は真実を追求し続ける者だと。時代や国によって『星の旅人』の中身が異なっているのは、シスルの星がその時代の史実を書き残しているからなのではないでしょうか」

おそらく、時代の権力者にとっては不都合な真実を。

お酒におぼれたりはしない叡智《えいち》を宿した目を見つめ、また冬の星のように鋭く光る眸に見つめ返されて、わたしは自身の存在を許されている気がしました。数拍置いて、フンと小さく返されます。

「嬢ちゃん、やっぱりあの男の娘じゃな。シスルの星の真実にたどり着くのは、いつでもその一族と決まっておる」

書物の山をながめ、ご老人の目は夕暮れが迫りはじめた空に投げられました。

「……わしらの一族はそのむかし、時の権力者に逆らって人を殺める研究を拒んだ。結果、一族は根絶やしにされるところだったのを、国を捨て、流浪の民となることで生きながらえてきたんじゃ。以来、わしらシスルの星は権力に逆らい、常に真実を追求する使命をおのれに課している」

その視線がわたしの隣に立つ殿下に向けられました。

「サウズリンドの権力者はわしらと似たような存在を隠すことによって守ろうとしたのか、それとも――手離したくないがゆえに、隠したのか」

のう、坊主、とご老人の声には真摯《しんし》な響きがありました。

「権力者が邪《よこしま》な野望を持ち、手に余る能力を手に入れると、犠牲《ぎせい》になるのはいつでも無辜《むこ》の民じゃ。おまえさんとて、いつその愚《ぐ》を犯《おか》す危険性を秘めているやも知れん。おまえさんがその娘っ子を持て余すことがないよう、その能力におぼれることがないよう、シスルの星がいつでも見ているのを忘れるでないぞ」

あざやかな青の眸と、力強い微笑が殿下の口元に刷《は》かれました。

「酒飲みじいさんの遺言として心に留めておこう。私がエリィ個人におぼれているのは否定しないけれどね」

そう言ってわたしの頭上にまたも殿下の口付けが落とされました。

アワワとどもるわたしの声と、だれが遺言など残したんじゃ！　と怒鳴るご老人の声がロマの居住区に響いていました。

帰りの馬車の中は手に入れた書物であふれています。これに占領されているために、御者と待機していた侍女のアニーは同乗できず――と言いますか、行きの時もそうでしたが、殿下が人払いをされたためにアニーはグレンさまの乗馬に相乗りしていました。

慣れない乗馬にアニーは最初不安げでしたが、同乗されるのが女性に人気のグレンさまでしたので、どことはなしに進んで相乗りしている様子が見受けられました。

わたしはと言えば、どの本から手をつけようかワクワクとドキドキが止まらず、隣の殿下が苦笑して見ているのもそっちのけでした。

やはり今日は、なにを置いても『星の旅人』から読み返すべきでしょうか。

わたしがレッツィ老人からいただいた一冊を手にしていますと、殿下が「ねえ、エリィ」と話しかけてきました。

目を上げたわたしのポワポワの髪に殿下が手を伸ばしてふれてきます。

「どうして、そんなにむかしのことを思いだしたかったの？」

「え……それは、その、やはり……思いだしたくて」

うん、と殿下の声はやさしくわたしの気持ちをほぐすようにうながしてきました。わたしはあらためて自分の内をながめ、不安を口にします。

「いま、わたしが殿下のおそばにいられるのは、むかしのことがあったからです。だから、思いだすべきではないかと……思ったのです」

殿下は小さくやさしくほほ笑みました。

「うん、そうだね。エリィが思いだそうとしてくれたことは、ほんとうにうれしいよ。じゃあ、私も正直に言うけれど……ほんとうは、はじめ私も不安だったんだ」

え、と瞬《まばた》いて殿下を見返しました。青い眸が少しむかしを思いだすように翳《かげ》りを帯びます。

「エリィなら知っているだろうけれど、私の母は病が癒えた後はまるで別人になっていた。母の置かれた状況がそうせざるを得なかったのは理解したけれど……私の中にはやっぱり、不安もあったんだ。人は変わる。私がいくらむかしの思い出を頼りにエリィのことを想《おも》っていても、きみもやっぱり、逢わない間に変わってしまったんじゃないかって」

「殿下……」

青い眸がフッと翳りを消して、真っすぐにわたしを映してきました。

「でもきみは、なにも変わっていなかった。私の知っている『虫かぶり姫』のままだった。エリィ。私はこの四年の間に変わらないきみを見て、でもむかしとは少し違う成長したきみを見て、もう一度、エリアーナに恋をしたんだよ」

瞬時に、わたしは自分の頬《ほお》が赤くなるのがわかりました。

殿下がおっしゃりたいのは、むかしのきっかけは大切だけれど、婚約者として過ごしてきた四年間もわたしたちの間には変わらずにあるのだと、それをあらためさせてくれるようでした。

わたしも殿下の想いに応《こた》えたくて、気恥ずかしさをこらえて懸命に青い眸を見つめ返しました。

「わたしもです。四年の間に、殿下を書物よりもかけがえのないお方だと思うようになりました」

「エリィ」

ほほ笑んだ殿下の手がわたしの頬にふれ、晴れ渡った青空色の眸を見て、わたしはむかしに出逢った少年をそこに見つけました。

殿下との思い出はやはり、わたしにとって――。

「宝物を、見つけた気分です」

瞬く青い眸にわたしは問い返しました。

「あの日、約束した秘密の呪文を、教えてくださいますか?」

笑みを深めた殿下が吐息もかかるほど近付いて、そっと秘密の呪文を口にしました。さらに赤くなったわたしに満足そうにほほ笑まれると、やさしく甘い口付けを落としていきました。

薄暗い陰影が残る、迷路のような書棚の中。

男の子はまるで冒険者になった気分でその中を進みます。目指す先には、本の森に囚《とら》われた、男の子のお姫さまがいるのです。

お姫さまはフワフワとした髪をしていて、暗がりの中にいても男の子の目にはそこだけ明るく見えました。だから、どんなに本の森がお姫さまを隠そうとしても、男の子はいつだって見つけることができたのです。

今日《きょう》も、迷いなくお姫さまを見つけた男の子は、本を読むお姫さまに近付いて、そっと秘密の呪文をささやきかけました。


――きみは僕の宝物。

王子と彼女の宝物

あとがき

こんにちは。由唯と申します。

この度は『虫かぶり姫』をお手にとっていただき、誠にありがとうございます。

昔から、本を読むことが好きでした。本さえ与えられていれば、おとなしく静かな子どもだったと記憶しております。

『虫かぶり姫』は、小説投稿サイト上で人気のキーワードを基にふくらんできたお話ですが、昔から読むことも書くことも好きだった私がある意味、「私ならこう書く！」と挑戦的な気持ちもこめて書き上げた物語になりました。

物語というものはふしぎです。私一人の中でふくらんでいた想像力が次第に息衝き、キャラクターたちが「出して出して！」と日ごと騒ぎ始めるのです。私の中にある物語のイメージを、今の私のつたない文章力で表現しきれているのか、理想と現実の狭間で葛藤や煩悶もし、それでも物語を書きつづってしまうのは、物書きという魅力に取りつかれた人間の性なのでしょうか。

そんなこんなで書き上げた『虫かぶり姫』ですが、いまいち王道恋愛物に添っておりません。いえ、書きたかった方向性はそちらのはずなのですが……。

当初、コメディを想定していた部分がなにやら幅をきかせはじめ、主人公の天然ボケっぷりと合わせて、少々王道とはズレた物語に仕上がってしまいました。今回、書き下ろしたクリスの青い春もまた、ひっしにお笑い路線に走らないよう、ギリギリの攻防をしていました。私の中のお笑いの血と（注※私はコメディアンの血は引いておりません）、王子の中のカッコつけを死守する、それは熾烈な戦いでございました。

と、言いますか。あの方は腹黒さはのぞかせるわりに、中々本心をお見せになられないので、赤裸々に描こうとする私とひっしに抵抗する彼との攻防と言いますか……。（書き下ろしタイトル、『王子の天国と地獄の一日』にしなかったからいいじゃん）

はてさて。肝心の主人公エリィですが、これまた動かないキャラで、自分の興味のあること以外にはガンスルーです。まわりが恋愛事に関心を向けさせようとしても受け流し、それとなく向けられていたクリスからのアプローチにも華麗にスルーし、事件に自ら首を突っ込んでいくような主人公らしさもない。ひたすら本を読んでいるだけ……。

なんだ、この主人公、って感じがひしひしとしますね。作った私が言うのもなんですが、ほんとうに動かなくて参りました。その分、まわりがひっしに動いていた気もしますが。

今回の書き下ろし構想に関しても、編集担当さんと「本を読んでいるシーンしか思い浮かばない……」と頭を抱える次第でした。しかも、おとなしくさらわれてくれずに、自ら乗り込んでいくというハチャメチャぶり。主人公にとっては自分こそが悪者から姫（本）を救うヒーロー的な心情だったことでしょう。頑張れ、クリス。（書き下ろし構想時に編集担当さんから出たタイトル案も、『クリス、頑張る』だったよーな……）

今回、『虫かぶり姫』の書籍化というチャンスをいただけるにあたって、ネットで公開したものから、大幅に加筆修正させていただきました。私の中では一度完結した話を再度掘り起こし、改めて組み立て直すというのは思った以上に混乱する出来事で、次第に何が正しくて何が悪いのかこんがらがるような事態にも陥りました。そのたびに、編集担当者さまのあたたかい励ましのお言葉と的確なご指導のもと、どうにか仕上げることがかないました。ほんとうにありがとうございます。

月並みではありますが、お世話になった皆さまにもお礼を。

統一感のない言葉に困惑させられたであろう校正担当さま。丁寧なご指摘に毎回たすけられました。ありがとうございます。そしてタイトルを可愛らしく飾っていただいたデザイナーさま、書籍というチャンスをくれた一迅社の皆さま、小説投稿サイト運営の皆さま、そしてそして、毎回「ウッキャー！」と叫びだすイラストを描いてくださった椎名咲月先生。ほんとうにありがとうございます。

椎名先生のイラストをエサに、『虫かぶり姫』を仕上げることがかないました。それこそ、人参をぶら下げられたお馬さんのように「ヒーコラヒーコラバヒンバヒン」と言いながら、遅筆な私が書き下ろしを書き上げることができました。

そしてしばしば、「書けない病」に苛まされる私の泣き言と愚痴に付き合い、支えてくれた友人諸氏、家族にも感謝を。

なによりも、『虫かぶり姫』をお読みいただいたすべての読者さまにお礼を申し上げます。

世の中には今、たくさんの本と物語があふれています。その中でこの本を手に取ってくださった方々に、心からお礼を申し上げると共に、お読みいただいた方の心に、少しでもなにかが残る物語になっていれば、これほどうれしいことはありません。

未熟ではありますが、楽しい物語を読んだ時の感動を少しでも伝えられるような物書きを目指して、これからも精進して参ります。

また再びお目にかかれることを願って。

由唯

虫《むし》かぶり姫《ひめ》

2016年7月5日　初版発行

初出……「虫かぶり姫」
小説投稿サイト「小説家になろう」で掲載

著者　由唯

イラスト　椎名咲月

発行者　杉野庸介

発行所　株式会社一迅社
〒160-0022 東京都新宿区新宿2-5-10 成信ビル8F
電話　03-5312-7432（編集）
電話　03-5312-6150（販売）

印刷所・製本　大日本印刷株式会社
ＤＴＰ　株式会社三協美術

装幀　小沼早苗（coil）

ISBN978-4-7580-4848-4

おたよりの宛て先
〒160-0022 東京都新宿区新宿2-5-10 成信ビル8F
株式会社一迅社　ノベル編集部
由唯《ゆい》 先生・椎名咲月《しいなさつき》 先生